Enid Blyton

# Le Club des Cinq
# et le secret
# du vieux puits

*Illustrations de Jean Sidobre*

Hachette

L'ÉDITION ORIGINALE DE CET OUVRAGE
A PARU EN LANGUE ANGLAISE
CHEZ HODDER & STOUGHTON, LONDRES,
SOUS LE TITRE :

*FIVE HAVE A MYSTERY TO SOLVE*

© *Hodder & Stoughton, 1962.*
© *Librairie Hachette, 1966.*
© *Hachette, 1988.*

Hachette, 79, boulevard Saint-Germain, Paris VIᵉ

# Chapitre 1

# Vacances de Pâques

« Les vacances :
le mot le plus merveilleux
que je connaisse!
s'écria Mick en prenant une
grande cuillerée de confiture. Passe-moi une
tartine, Annie... Maman, ça ne t'ennuie pas trop
si nous courons dans la maison?

— Bien sûr que non!» répondit sa mère.

Mme Gauthier, pour permettre à François,
Mick et Annie de passer les vacances de Pâques
en compagnie de leur cousine Claude, avait loué
une villa à proximité de Kernach.

« La seule chose qui m'inquiète vraiment
quand vous êtes là, c'est la question Provisions, avec un P majuscule. On dirait qu'il n'y
en a jamais assez... A propos, quelqu'un sait-il
ce qu'est devenu le gros rôti qui se trouvait dans
le réfrigérateur?

— Le rôti... le rôti..., dit François en fron-
çant les sourcils. Voyons un peu... que je réflé-
chisse...»

Annie, qui connaissait le sort de la viande en
question, pouffa de rire.

« Hier soir, maman, reprit François, comme

tu devais sortir, tu nous as offert de manger ce que nous voudrions pour le dîner. Nous avons choisi le rôti.

— Très bien, approuva Mme Gauthier. Quand même, près de trois livres de rosbif. Claude vous a bien tenu compagnie, mais enfin...

— Dagobert était avec elle, précisa Annie. Il aime beaucoup la viande saignante.

— Voilà maintenant que je cuisine pour un chien! s'exclama sa mère, indignée... Et un chien de l'appétit de Dagobert... Je me proposais de garder ce plat pour notre déjeuner d'aujourd'hui.

— Nous aimerions aller passer la journée à la villa des Mouettes, avec Claude et Dago, fit Mick. Si tu n'as pas besoin de nous, maman...

— J'ai besoin de vous, affirma Mme Gauthier. Mme Pichon vient me rendre visite cet après-midi. Je crois qu'elle voudrait vous demander quelque chose.»

Les trois enfants baissèrent le nez sur leur assiette.

«Maman! protesta Mick d'un ton suppliant. Pour le premier jour de vacances, il faudrait que nous restions enfermés à la maison? Par ce beau soleil?

— Nous serons là pour le goûter, décida François qui, en remarquant l'expression déçue de sa mère, lança sous la table un coup de pied à son cadet. Mme Pichon est très gentille : lorsque nous étions petits, elle nous apportait toujours des bonbons.

— Et elle n'oublie jamais notre anniversaire, ajouta Annie. Pouvons-nous inviter Claude... et Dago?

— Certainement, répliqua sa mère. Appelle-la au téléphone... Tâchez d'être présentables pour quatre heures!

— Je m'occuperai de Mick et d'Annie, promit François avec un sourire.

— Maman, j'ai terminé mon petit déjeuner. Puis-je téléphoner tout de suite à Claude? demanda Annie en se levant de table. J'aimerais la joindre avant qu'elle n'emmène Dago en promenade ou qu'elle n'aille faire des courses pour tante Cécile.

— Oncle Henri sera content d'être débarrassé de Claude, même pour un seul repas, fit Mick.

— Pauvre Claude! dit Mme Gauthier en riant. Quel dommage qu'elle ait hérité du caractère "soupe au lait" de son père! Sa mère doit se donner bien du mal pour faire régner la paix!»

François et Mick racontèrent avec humour certains incidents survenus entre Claude et son père. Quelques instants plus tard, Annie pénétra de nouveau dans la salle à manger.

«As-tu parlé à Claude, Annie? demanda sa mère.

— Oui. Elle est ravie. Elle dit qu'il vaut mieux ne pas nous rendre chez elle. Oncle Henri a égaré certains de ses documents et il met la maison sens dessus dessous. Il a même retourné la corbeille à ouvrage de tante Cécile pour s'assurer que les papiers ne s'y trouvaient pas!

— Ce bon Henri! dit Mme Gauthier d'un ton pensif. Un savant si éminent, d'une si grande intelligence, qui se souvient de chacun des livres qu'il a lus, de chaque note qu'il a écrite, mais

5

qui, au moins une fois par semaine, perd régulièrement quelque papier important!

— Et il perd aussi son sang-froid tous les jours, observa Mick en s'esclaffant.

— Claude est vraiment contente de venir ici, reprit Annie. En ce moment, elle pédale sur la route, suivie de Dago. Elle arrivera dans un petit moment. Cela peut-il aller, maman?

— Bien entendu. Mais puisque vous avez dévoré hier soir le déjeuner d'aujourd'hui, il faut que vous me fassiez quelques courses. Que voulez-vous pour midi?

— Un rosbif! s'écrièrent-ils en chœur.

— J'aurais cru que vous n'en mangeriez pas de sitôt, remarqua Mme Gauthier en riant. Entendu pour le rosbif. Mais Dago n'aura droit qu'à un os :

un bel os avec un peu de viande autour.

— Devrons-nous également acheter des gâteaux pour le goûter, en l'honneur de Mme Pichon? demanda Annie. Ou bien vas-tu en faire toi-même, maman?

— Je me charge de la tarte aux cerises, répondit sa mère. Pour le reste, vous pourrez choisir ce qui vous plaira; n'allez tout de même pas dévaliser la pâtisserie!»

Les trois enfants, perchés sur leurs bicyclettes, suivaient maintenant la petite route qui conduisait au village. C'était une belle journée de printemps. Les fossés emplis de grandes herbes folles s'émaillaient de fleurettes jaunes. Les marguerites aux longues tiges droites étalaient sous le soleil leurs pétales blancs. Quand Mick entonna une chanson, les vaches qui broutaient dans un pré levèrent un instant la tête comme pour écouter. Annie se mit à rire.

La petite fille était ravie. Quel plaisir de se retrouver avec ses frères! A l'école où elle était pensionnaire, ils lui manquaient beaucoup. Et ils allaient passer trois semaines ensemble! Une bouffée de joie l'envahit soudain. Sa voix s'éleva, se mêlant à celle de Mick. Les garçons la regardèrent d'un air moqueur.

«Ma vieille Annie! s'écria Mick. Je suis content de t'entendre chanter si fort : tu as toujours l'air d'une petite souris tranquille.

— Moi, une petite souris! protesta Annie, stupéfaite et plutôt vexée. Qu'est-ce qui te fait dire cela? Attends un peu : tu pourrais avoir des surprises, un jour!

— Ah oui?... Ça m'étonnerait, dit François. Une souris ne se transforme pas tout d'un coup en tigre! D'ailleurs, Claude est le fauve de la famille : c'est bien suffisant. Il faut la voir sortir ses griffes, et crier, et gronder!»

Cette description de leur cousine mit les trois enfants en gaieté. Des éclats de rire secouèrent tant Mick que, en zigzaguant; il vint heurter la roue arrière du vélo d'Annie. Elle se retourna, l'air furieux :

«Fais donc attention, maladroit! Tu as manqué me renverser. Tu ne peux pas regarder où tu roules?

— Hé là, Annie! Que t'arrive-t-il? demanda François, ébahi de l'explosion de sa sœur.

— C'est fini, répondit Annie en riant. Je faisais le tigre, je sortais mes griffes. Avez-vous apprécié ma démonstration?

— Ma parole! s'exclama Mick. Jamais je ne t'ai entendue crier de cette façon. J'avoue que l'effet était inattendu, mais drôle!

— Assez plaisanté! coupa Annie. Voilà le boucher; allez acheter la viande. Je m'occupe du goûter.»

A la devanture de la boulangerie, toutes sortes de gâteaux plus appétissants les uns que les autres s'offraient à la vue. Annie s'employa joyeusement à choisir de nombreuses pâtisseries.

«Voyons, songeait-elle, nous serons sept — en comptant Dago. Si nous avons faim, les gâteaux disparaîtront vite.»

Les garçons furent ravis de constater que plusieurs paquets encombraient la bicyclette de leur sœur. Ils le furent plus encore lorsqu'elle leur demanda d'aller chercher le complément dans la boutique : ses sacoches n'auraient rien pu contenir de plus.

«Il paraît que nous mangerons bien aujourd'hui, remarqua Mick avec satisfaction. J'espère que Mme Pichon a bon appétit! Je me demande ce qu'elle veut nous dire.

— Avez-vous pensé à prendre un bel os pour Dago?

— Il est tellement beau que maman, j'en ai

8

peur, voudra s'en servir pour préparer une soupe, répondit Mick en riant. Je ferais mieux de le garder jusqu'à l'arrivée de Dago. Il le mérite, ce brave chien.

— Il a partagé presque toutes nos aventures, renchérit Annie qui, la route étant déserte et peu fréquentée à l'ordinaire, roulait à côté des garçons. Elles semblaient même lui plaire!

— En effet, approuva Mick. Nous aussi, nous nous sommes bien amusés... Qui sait? Une nouvelle aventure nous attend peut-être. J'ai l'impression d'en sentir une dans l'air!

— Ce n'est pas vrai! protesta Annie. Tu te moques de moi. J'aimerais me reposer après ce trimestre scolaire tellement fatigant. J'ai beaucoup travaillé, vous savez.

— Comme tu es la première de ta classe, tu as droit à des vacances à ton goût, décida François, fier de sa petite sœur. C'est dit : pas d'aventures! Tu entends, Mick? On les évitera soigneusement.

— Vraiment, François? interrogea Annie d'un ton dubitatif. Nous verrons bien.»

# Chapitre 2

# La visiteuse

Quand François, Mick
et Annie arrivèrent à la
maison, Claude et le chien
attendaient. Posté sur la route, oreilles pointées au vent, Dago remuait sa longue queue. A
la vue des bicyclettes débouchant d'un virage,
il bondit à une allure folle en aboyant sauvage-
ment, au grand effroi d'un garçon boulanger
qui portait un panier.

Le garçon disparut dans un jardin, derrière la
première porte qu'il trouva ouverte, en criant à
pleins poumons : «Un chien enragé! Un chien
enragé!»

Après l'avoir dépassé en trombe, Dago, se
précipitant vers les trois enfants, les força à
mettre pied à terre.

«Cher Dago! s'écria Annie en caressant le
chien. Rentre donc ta langue; un jour, elle
finira par tomber!»

Jappant de plaisir, la queue agitée de mou-
vements frénétiques, Dago ne cessait de sauter
d'Annie à Mick et de Mick à François en leur
léchant les mains. On eût dit qu'il ne les avait
pas vus depuis un an!

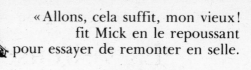

«Allons, cela suffit, mon vieux!
fit Mick en le repoussant
pour essayer de remonter en selle.

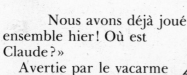

Nous avons déjà joué
ensemble hier! Où est
Claude?»

Avertie par le vacarme
produit par Dago-
bert, Claude, vêtue
d'un short et d'une
chemisette, accourait
au-devant de ses cousins. Ceux-ci se dirigèrent
vers elle en souriant joyeusement.

«Je vois que vous avez fait des courses, constata Claude. Tais-toi, Dago, tu parles trop! Je
suis bien contente que tu m'aies invitée, Annie.
Papa n'a pas encore retrouvé les papiers qu'il a
perdus; chez nous, on se croirait dans une maison de fous : tous les tiroirs sont sens dessus dessous, même ceux du buffet de cuisine! Quand
je suis partie, maman cherchait les documents
dans le grenier. Je me demande pourquoi papa
croit qu'ils se trouvent là-haut!

— Pauvre Claude! s'écria Mick avec un petit
rire. Je m'imagine très bien oncle Henri en
train de crier et de s'arracher les cheveux, alors
qu'il a peut-être mis ses notes par erreur dans
la corbeille à papiers!

— Sapristi, nous n'y avons pas pensé! Je vais

tout de suite téléphoner à maman pour lui dire d'y regarder. Quelle bonne idée, Mick!

— Pendant ce temps-là, nous rangerons nos vélos, déclara François. Ote ton nez du rosbif, Dago. Pas question que tu en manges aujourd'hui! Tu t'es déjà un peu trop régalé hier soir!

— Il a profité d'un moment où j'avais le dos tourné pour engloutir beaucoup de viande, dit Claude. Au fait, qui est cette Mme Pichon? Devrons-nous goûter avec elle? J'espérais que nous partirions en promenade.

— Impossible, ma vieille, répondit Mick. Mme Pichon veut nous parler de quelque chose. Il faut donc que nous restions... et que nous montrions mains blanches et belles manières. Aussi, Claude, tâche de bien te conduire!»

Sa cousine lui lança un coup de poing amical.

«Ce n'est pas juste! s'exclama Mick, rieur. Tu sais que je ne peux pas te le rendre, puisque je suis plus fort que toi. A propos, tu n'as pas vu, ce matin, Annie gronder comme un tigre et grincer des dents et...

— Tu es bête, Mick! fit Annie. Il m'a traitée de souris, Claude. Il disait que nous possédions un fauve — toi — et que cela suffisait dans la famille. Alors, je m'en suis prise à lui, et il a été bien étonné!

— Tu n'es pourtant pas taillée pour faire le tigre! observa Claude.

— Je le pourrais à l'occasion, répliqua Annie, obstinée. Un de ces jours, je vous étonnerai tous : attendez!

— Très bien, coupa François en entourant de son bras les épaules de sa sœur. Venez, maintenant. Nous ferions mieux de rentrer avant que Dago ne déchire les paquets de gâteaux. Arrête de lécher ce sac, Dago! Tu vas le trouer.

— Il sent les tartelettes aux fraises, remarqua Annie. Est-ce que je lui en donne une?

— Non! répondit François. Ce serait du gaspillage. Tu ne te rappelles pas qu'il n'aime pas les fraises?

— Ouah!» fit Dago, exactement comme s'il approuvait les paroles du garçon.

Il renifla le papier qui entourait son os.

«Voilà ton déjeuner, Dago, annonça Annie. Il y a beaucoup de viande autour... Regardez, maman nous fait signe de la fenêtre. Je pense qu'elle demande le rosbif. Non, Dago, tu n'auras pas de viande. Assis! Je n'ai jamais vu un chien aussi affamé. On croirait que tu ne le nourris pas, Claude.

— On aurait tort, répondit sa cousine. Dago, suis-moi!»

Dago obéit, sans pour autant cesser d'observer avec regret les différents paquets que les autres enfants sortaient des sacoches.

Une fois les provisions posées sur la table, la cuisinière les examina tout en gardant l'œil fixé sur Dago.

«Faites sortir ce chien de ma cuisine! ordonna-t-elle. Quand il se trouve dans les parages, la viande disparaît toujours de façon étrange. Allons, descends, enlève tes pattes de ma table propre!»

Dago trottina vers la porte. Quel dommage que les cuisinières ne l'aiment pas! Lui, il leur portait beaucoup d'affection : elles sentaient si bon la nourriture, tant de morceaux appétis-

sants les entouraient ; on les lui offrait si rarement... Bon, il reviendrait dans ce lieu de délices lorsque la cuisinière en sortirait ! Peut-être
trouverait-il alors quelques miettes oubliées sur
le carrelage.

«Bonjour, Claude, dit Mme Gauthier en
entrant dans la cuisine. Dago, sors d'ici ! A
moins de cent mètres d'un rosbif, je n'ai aucune
confiance en toi. Allez, file !»

Le chien fila. Il estimait la mère d'Annie très
gentille mais il savait que, si elle disait : «File»,
il n'avait plus qu'a obtempérer.

«Pour l'amour du ciel, ne restez pas dans mes
jambes pendant que je prépare le déjeuner ! dit
la cuisinière aux enfants. Et fermez la porte, s'il
vous plaît. Je ne tiens pas à ce que cet animal
vienne renifler partout comme s'il n'avait pas
mangé depuis huit jours alors qu'il est aussi gras
qu'un cochon !

— Il n'est pas gras !
protesta Claude,
outrée.

Et il n'est pas gourmand !»
Pendant ce dialogue,
Dago s'était approché
de la porte de la cuisine.
Il leva le nez d'un air
digne, comme s'il se
sentait offensé par les
propos entendus.
«Vous l'avez atteint
dans son amour-propre,
remarqua François en riant.
— Je l'atteindrai autrement
s'il me gêne dans mon travail !»

14

Claude fronça les sourcils, mais les autres ne purent s'empêcher de s'esclaffer.

La matinée s'écoula de façon fort agréable. Les enfants, accompagnés de Dago, se rendirent à la plage, puis suivirent les hautes falaises sous la brise piquante qui leur fouettait le visage. Dago s'élançait vers les mouettes qui osaient se poser sur le sable tiède, toujours surpris lorsque, presque sous sa patte, elles s'élevaient d'un vol paresseux sur leurs ailes étendues.

Au déjeuner, tous montrèrent grand appétit; il n'y eut pas de restes.

«Vous ne pourrez certainement rien manger avant ce soir, les enfants», observa Mme Gauthier.

Mais elle se trompait. A l'heure du goûter, assis devant la table abondamment garnie, François, Mick, Annie et Claude attendaient avec impatience l'invitée qui était en retard.

«Je crois que je ne vais pas beaucoup aimer Mme Pichon, déclara Claude au bout d'un long moment. J'ai une faim de loup et ces gâteaux à la crème sont si tentants!» La sonnette retentit enfin. Une vieille dame affable fit son entrée, souriant à chacun.

«Asseyez-vous, madame, dit la mère de François. Nous sommes ravis de vous voir.

— Je suis venue demander quelque chose aux enfants, déclara Mme Pichon. Mais je pense qu'ils goûteront d'abord.»

Après ce préambule, les cousins trouvèrent Mme Pichon bien sympathique. Dago se tenait sagement sous la chaise de Claude qui lui glissait de temps en temps un morceau de pain beurré ou de gâteau.

«Vous êtes sans doute curieux de connaître le motif de ma visite, reprit Mme Pichon quand les assiettes ne continrent plus que des miettes. François, je voulais demander à votre mère si vous trois, ainsi que ce garçon qui, je crois, s'appelle Claude, pouviez me tirer d'un pas difficile.»

Nul ne fit remarquer que Claude était une fille et que son nom était, en réalité, Claudine. Comme d'habitude, celle-ci fut ravie qu'on la prît pour un garçon. Tous regardaient Mme Pichon, attendant la suite avec intérêt.

«Voilà ce qui se passe, poursuivit-elle. J'habite une jolie maisonnette sur la falaise, au-dessus du port, avec mon petit-fils Edmond, âgé de dix ans, dont je me suis chargée pour les vacances de Pâques. Je dois m'absenter quelques jours pour aller soigner ma cousine qui est malade, mais je ne peux pas laisser Edmond seul. Je me demandais si votre mère vous permettrait d'aller vous installer avec lui pour lui tenir compagnie. Il y a bien une femme de ménage qui vient faire la cuisine et le nettoyage, mais, la nuit, Edmond pourrait avoir peur.

— Avez-vous déjà emménagé dans cette belle petite maison d'où l'on a une vue magnifique ? s'enquit Mme Gauthier.

— Oui. Elle n'a rien de moderne : l'eau courante n'est pas installée, l'électricité et le gaz

16

non plus. Nous tirons l'eau du puits et nous nous éclairons aux bougies ou à la lampe à pétrole. Peut-être les enfants aimeraient-ils, avant toute décision, venir voir la maison?»

Mme Pichon posa un regard interrogatif sur les enfants qui ne savaient que répondre.

«Nous ne manquerons pas d'y aller, répondit la mère de Mick. Si les enfants le désirent, ils pourront y habiter. Ils aiment se sentir indépendants.

— Oui, approuva François. Des ouvriers doivent bientôt venir ici repeindre deux pièces, maman serait contente d'être tranquille. De notre côté, bien sûr, cela nous plairait de vivre seuls.»

Mme Pichon se montra extrêmement heureuse.

«C'est donc entendu pour demain, à dix heures? demanda-t-elle. Vous admirerez le panorama; il est grandiose, grandiose! Il comprend le port et des dizaines de kilomètres au loin... Maintenant, il faut que je me sauve. Je vais annoncer à Edmond que vous lui tiendrez probablement compagnie. Quand il veut, il est vraiment gentil, vraiment serviable. Je suis certaine que vous vous entendrez bien avec lui.»

Sans savoir pourquoi, François doutait du caractère si doux d'Edmond. En tout cas, il saurait à quoi s'en tenir le lendemain.

«Ce serait amusant d'être de nouveau ensemble, sans grande personne, observa Claude après le départ de Mme Pichon. Je ne crois pas qu'Edmond nous ennuiera. Ce ne doit être qu'un petit peureux qui n'ose pas rester tout seul. Enfin, nous verrons demain! Peut-être le paysage compensera-t-il la présence de ce cher Edmond!»

# Chapitre 3

# La maison
# de la falaise

Le lendemain matin,
les enfants
se préparaient
à partir pour
la maison de
Mme Pichon.

«Tu viens avec nous, maman? demanda
François. Nous aimerions que tu nous donnes
ton avis.

— Non, je ne peux pas, répondit sa mère. Je
n'avais pas prévu, hier, que j'aurais tant de travail aujourd'hui.

— Tant pis, soupira François en l'embrassant. Nous irons seuls. Je crois pourtant que
nous saurons tout de suite si nous avons envie
d'habiter là-bas ou non. Il faut aussi que nous
fassions la connaissance d'Edmond... Il est dix
heures moins le quart; Claude est déjà ici avec
Dago. J'appelle les autres, puis nous sortons
les vélos.»

Bientôt, les quatre enfants roulaient, et Dago,
comme d'habitude, courait près d'eux, la langue pendante, les yeux brillants de joie. Voilà
la façon dont il concevait le paradis terrestre :

bondir aux côtés de ses amis du matin jusqu'au soir.

Ils suivaient une route qui grimpait vers le
sommet de la colline. Soudain, au débouché
d'un tournant, un immense panorama s'offrit à
leur vue. Quelques bateaux de pêche se balan-
çaient doucement, ancrés dans une mer d'un
bleu éblouissant. Annie, sans hésiter, sauta de
sa selle.

«Je ne ferai pas un mètre de plus avant
d'avoir empli mes yeux de tout cela! s'écrit-
elle, enthousiasmée. Il y a des kilomètres de
mer et de ciel.»

Elle rangea sa bicyclette contre une barrière
de bois, puis s'absorba dans la contemplation
de ce paysage qui la ravissait. Mick la rejoignit.
Une voix retentissante les fit sursauter :

«Hue! Noiraude!»

En se retournant, les deux enfants aperçurent, dans le pré longeant la route, un paysan
qui portait un rouleau de fil de fer. De sa main
libre, il repoussait, à grand renfort de bourra-
des, une vache qui prétendait franchir les limites de son domaine. L'air nonchalant, l'animal consentit à rentrer dans le droit chemin.
L'homme adressa un grand sourire à Annie et
à son frère, s'épongea le front d'un mouchoir à
carreaux et se mit à réparer la clôture.

«Nous irons nous promener dans ces prés,
décida Annie. Regarde, là-bas, les ajoncs tout
dorés, et les petites fleurs qui jaillissent de partout, les coucous, les pâquerettes, les marguerites. Comme c'est beau! Sans parler de la mer...

— Oui... Si on peut admirer un pareil paysage de la maison de Mme Pichon, je serais vraiment content d'y habiter. Rends-toi compte! En

nous levant, le matin, nous n'aurions qu'à nous pencher à la fenêtre pour contempler le port, la mer immense, les coteaux qui bordent la baie et, au-dessus, le ciel...

— Tu fais de la poésie!» s'exclama Annie, étonnée.

Comme François et Claude les appelaient maintenant à tue-tête, ils se résignèrent à reprendre leurs bicyclettes et tous pédalèrent de nouveau avec vigueur.

«Il faut trouver une porte blanche avec l'indication *La Falaise,* dit Claude. Sur le versant qui fait face à la mer.

— La voilà! s'écria Annie. Posons nos vélos contre ce buisson.»

Après avoir poussé la porte du jardin, ils virent à leur gauche, non loin d'eux, une chaumière biscornue dont la façade surplombait, du haut de la falaise, le port et l'étendue bleue.

«On dirait une maison de conte de fées, remarqua Annie. Elle a de drôles de petites cheminées, des murs qui penchent, un toit de chaume qui gondole... et des fenêtres minuscules!»

Les jeunes visiteurs descendirent un sentier qui serpentait vers la chaumière. Lorsqu'ils atteignirent le puits, ils se penchèrent par-dessus la margelle pour examiner l'eau qui reposait au fond.

«Il faudrait boire de cette eau, fit Annie en plissant le nez. Nous devrions descendre le seau au bout de la corde en tournant cette manivelle. Croyez-vous que l'eau soit potable?

— Etant donné que des gens en boivent

depuis des années et des années, j'imagine qu'elle est bonne, observa François. Venez! essayons de trouver la porte... s'il y en a une!»

Les enfants aperçurent, flanquée de chaque côté par une petite fenêtre, une porte de bois mal jointe, munie d'un marteau de cuivre ancien. Deux autres croisées s'ouvraient à l'étage. François les regarda d'un air dubitatif. De l'extérieur, les chambres lui semblaient bien exiguës. Le Club des Cinq trouverait-il assez de place pour s'y loger?

Il frappa trois coups. Personne ne vint ouvrir. Après un nouvel essai, il chercha des yeux une sonnette; elle n'existait pas.

«La porte n'est peut-être pas fermée à clef», avança Annie.

En effet, une fois la poignée tournée, François put pénétrer dans une pièce qui paraissait servir de salle à manger-cuisine.

«Il y a quelqu'un?» cria-t-il.

Aucune réponse ne lui parvint.

«C'est bien cette maison-ci pourtant! Entrons, nous verrons après!» décida François que suivaient Mick et les filles.

Sans aucun doute, la chaumière existait depuis un siècle au moins. Comme les meubles de bois sculpté étaient vieux! Les enfants remarquèrent des lampes à pétrole posées sur deux tables et, dans un renfoncement, un réchaud qui supportait une casserole. François monta un escalier étroit, en colimaçon, qui permettait d'accéder au premier étage. Il arriva dans une longue pièce sombre recouverte d'un toit de chaume que maintenaient des poutres noircies.

«La maison doit dater d'il y a très longtemps!

cria-t-il à ses compagnons. Je n'ai pas l'impression qu'elle soit assez grande pour nous quatre, en plus de la femme de ménage et du jeune Edmond!»

Il avait à peine achevé que la porte d'entrée s'ouvrait brutalement sous la poussée de quelqu'un.

«Que faites-vous ici? s'exclama le nouveau venu. Vous êtes chez moi!»

François dévala les marches. Un garçon d'une dizaine d'années, la figure hâlée, dévisagea les quatre enfants d'un air courroucé.

«Serais-tu par hasard Edmond? demanda poliment Mick.

— Oui. Et vous, qui êtes-vous? Ma grand-mère est partie faire des courses. Attendez qu'elle arrive : elle va vite vous faire sortir!

— N'est-ce pas ta grand-mère qui s'appelle Mme Pichon? demanda François. Si c'est elle, elle nous a demandé de visiter sa maison pour décider si oui ou non nous te tiendrons compagnie pendant qu'elle ira soigner sa cousine.

— Mais moi, je ne veux pas de vous! lança le gamin. Alors, allez-vous-en! Je suis bien plus heureux lorsque je suis seul. Pourquoi ma grand-mère s'inquiète-t-elle toujours?

« — Je crois qu'il y a aussi une femme de ménage, observa François. N'est-elle pas là ?

— D'habitude, elle vient le matin, répondit Edmond. Grand-mère lui a donné congé pour la durée de son absence. Elle m'a préparé quelques provisions. Je n'ai pas besoin de vous. Laissez-moi tranquille !

— Ne fais pas le nigaud, Edmond, repartit François. Tu ne peux pas vivre seul ici : tu es trop jeune !

— Je ne suis pas seul. J'ai beaucoup d'amis ! affirma Edmond d'un ton de défi.

— Dans un endroit aussi isolé, où l'on ne voit autour de soi que les falaises et la mer, cela m'étonne ! lança Mick.

— Pourtant, j'en ai ! déclara Edmond. Et en voilà un ; regardez ! »

Il plongea la main dans sa poche et, devant les filles horrifiées, il brandit un serpent.

Annie se cacha derrière son frère avec un petit cri. Remarquant sa frayeur, Edmond s'approcha d'elle, tenant le serpent par son milieu ; le reptile se tordait dans tous les sens.

« N'aie pas peur, Annie, dit François, rassurant. C'est une couleuvre inoffensive. Rempoche cette bête, Edmond. Si elle est seule à te tenir compagnie, tu vas sûrement t'ennuyer !

— Je vous répète que j'ai beaucoup d'amis ! cria Edmond en remettant la couleuvre dans son nid improvisé. Je vous battrai si vous ne me croyez pas !

— Du calme ! fit Mick. Montre-nous donc tes autres compagnons. J'espère que ce ne sont pas des gamins qui te ressemblent !

— Des gamins ! s'écria Edmond avec mépris. Je n'en fréquente pas. Venez dehors, je vais vous prouver que je dis la vérité.»

Tous sortirent de la petite maison, ébahis des manières brutales du singulier garçon. Une fois dans le jardin, ils remarquèrent ses yeux lumineux, de la couleur des bleuets, et ses cheveux presque aussi dorés que les boutons-d'or.

«Asseyez-vous et ne bougez pas, ordonna-t-il. Là-bas, à côté des buissons. Ne remuez surtout pas un doigt! Vous allez voir...»

Les enfants, surpris et amusés, s'installèrent à l'ombre des ajoncs. Se laissant tomber par terre, Edmond tira quelque chose de sa poche. Qu'était-ce? Claude essaya de le découvrir mais le garçon cachait l'objet au creux de sa main droite. Le portant à ses lèvres, Edmond commença de siffler. Le son léger, étrange, s'enflait, mourait et reprenait, comme une sorte d'hymne sauvage et émouvant. Annie trouva cet air fort mélancolique.

Un bruissement d'herbe se fit entendre sur la pente. A la stupéfaction des jeunes visiteurs, un animal apparut : un lièvre! Les longues oreilles pointées vers le ciel, il fixait des yeux brillants sur l'enfant. Soudain, il se dirigea droit sur lui et, là, se mit à gambader. Une pie descendit d'un pommier, voleta au-dessus du lièvre, fascinée, le regardant bondir, virevolter, la peur instinctive oubliée. Les cousins, ravis, retenaient leur souffle.

Tout à coup, Dago, du fond de la gorge, fit entendre un grognement sourd. Il en fut le premier étonné; il n'avait pu s'empêcher de manifester ses sentiments. Immédiatement, le lièvre se sauva, la pie disparut en jacassant.

Le visage crispé par la fureur, Edmond leva la main pour battre Dago. Claude intercepta le poing menaçant.

«Laissez-moi! cria Edmond. Ce chien a effrayé mes amis. Attends que j'attrape un bâton pour te rosser! Tu es méchant, tu...»

Un fait inattendu se produisit alors. Dago s'approcha doucement du garçon irrité, se coucha près de lui et posa la tête sur ses genoux en le contemplant avec adoration. La main encore prête à frapper se baissa pour caresser l'animal.

«Ici, Dago!» s'exclama Claude, prise de colère devant la conduite illogique de son chien.

Celui-ci se leva, lécha la jambe du garçon, puis rejoignit sa maîtresse.

«Vous pouvez venir chez moi, déclara Edmond, si vous amenez votre chien. Il est sensationnel! J'aimerais bien en faire mon copain.»

Cela dit, il sauta sur ses pieds et dévala la côte, laissant quatre enfants stupéfaits et un chien qui gémissait.

«Dites donc, remarqua Mick, ce garçon ne doit pas être tellement méchant pour que Dago le regarde partir comme s'il perdait son meilleur ami!»

# Chapitre 4

# L'installation

Le Club des Cinq observait Edmond qui s'éloignait. Dagobert agitait la queue en geignant.

« Merci, mon vieux Dago ! dit Annie en caressant le museau du chien. Si tu n'avais pas apprivoisé Edmond, nous ne pourrions pas habiter dans cette maison pittoresque. C'est vraiment un drôle de garçon...

— Plutôt !» s'écria Claude qui ne se remettait pas de la surprise que lui avait causée son chien lorsqu'il s'était couché aux pieds d'Edmond, malgré le poing menaçant.

« Je crois qu'il ne me plaît pas.

— Comme il doit aimer les animaux ! observa Mick qu'impressionnait encore le spectacle du lièvre et de la pie accourant vers Edmond. Il faut qu'ils lui accordent une confiance aveugle pour s'approcher ainsi de lui. Quelqu'un qui comprend les bêtes à ce point ne peut qu'être "bien"!

— Je parie qu'elles viendraient aussi à moi si je me servais de son pipeau», répliqua Claude en décidant de faire son possible pour l'emprunter.

Annie retourna dans la chaumière qui la ravissait.

«Elle est très romantique, songeait-elle. Elle est emplie du souvenir des gens qui ont vécu ici, qui ont admiré ce paysage... Quel endroit paisible! Même les nuages semblent heureux; ils se promènent, blancs dans le ciel si bleu.»

Après avoir exploré la maison méthodiquement, elle conclut que la chambre du premier étage, sous le chaume, conviendrait aux garçons. Elle avisa deux lits, l'un étroit, le second plus large...

«Edmond dormira sur le petit lit, pensa-t-elle, Mick et François sur l'autre. Claudine et moi nous installerons dans la salle à manger, avec Dago qui montera la garde. Je me demande où je pourrais trouver des matelas pour nous étendre... Oh! voilà un lit-cage qui fera notre affaire. Parfait!»

Annie passait des moments très agréables. Elle était dans son élément quand elle organisait le confort de ses compagnons. Elle découvrit un petit garde-manger, situé au nord, qui contenait quelques boîtes de conserves, deux miches de pain complètement rassis, du lait qui commençait de tourner et un paquet de gâteaux secs devenus mous.

«Mme Pichon ne semble pas être une excellente ménagère, se dit la fillette avec gravité.

Il faudra que nous descendions au village pour nous constituer des réserves. On pourrait acheter un jambonneau : nous l'apprécierons tous... Ce sera amusant de nous installer!»

François, curieux de savoir ce que faisait sa sœur, s'arrêta sur le seuil :

«Tu joues à la maman, comme d'habitude, constata-t-il, attendri. Tu choisis la place où nous dormirons, tu décides qui fera ceci et qui fera cela : qui se chargera des courses, qui lavera le linge, etc. Ma vieille Annie, que deviendrions-nous sans toi?

— Cela ne m'ennuie vraiment pas, répondit sa sœur, les yeux brillants d'animation. François, nous avons besoin de deux ou trois couvertures, d'un oreiller et de vivres. Et...

— Comme il faut que nous retournions à la maison pour en rapporter des vêtements, coupa François, nous achèterons tout ce qui est nécessaire en revenant. Sais-tu si la femme de ménage dont a parlé Mme Pichon viendra nous aider?

— D'après Edmond, Mme Pichon lui a donné congé, fit Annie. Mais la maison est tellement petite qu'il sera sans doute plus agréable de s'en occuper tout seuls. Je pense que je pourrai faire un peu de cuisine sur le réchaud à pétrole qui se trouve dans le renfoncement; nous compléterons nos repas par des plats froids : du jambon, du pâté, de la salade, des fruits. Lorsque quelque chose nous manquera, il sera facile de descendre à bicyclette chez les commerçants.

— Ecoute! murmura François en dressant la tête. Je crois qu'on nous appelle.»

En effet, après avoir fait quelques pas, François aperçut Mme Pichon à la porte blanche, non loin d'une voiture arrêtée. Il se dirigea vers elle et la salua.

«Je me suis attardée chez les commerçants, dit-elle. Que pensez-vous de ma maison?

— Elle nous plaît beaucoup, répondit François. Si vous le permettez, nous aimerions emménager aujourd'hui. Le paysage nous semble magnifique! J'aimerais bien pouvoir le peindre, mais je ne sais pas... du moins, pas très bien.

— Avez-vous déjà vu Edmond? demanda Mme Pichon avec appréhension. Se conduit-il correctement? Il montre quelquefois... heu!... un caractère assez difficile. Il lui arrive même d'être brutal. Voyez-vous, il n'a pas de frère à qui se frotter.

— Ne vous inquiétez pas pour lui, affirma gaiement François. Il faudra qu'il s'habitue à la vie en société! Lorsque nous sommes ensemble, sans grande personne, nous prenons toutes nos responsabilités... Il a un pouvoir étonnant sur les animaux.

— En effet, approuva Mme Pichon. Pourtant, j'avoue que je n'apprécie pas tellement les petits serpents, les scarabées ou les hiboux qui viennent ululer la nuit, dans la cheminée, et attendent qu'Edmond leur réponde!

— Les bêtes ne nous gênent pas, dit François en riant. Il s'est arrangé pour vaincre ce qui aurait pu devenir la plus grosse difficulté : il a conquis notre chien, Dago. En fait, Edmond a accepté que nous restions, à condition que Dago soit là!

— Cela lui ressemble bien, constata la vieille dame avec bonne humeur. Il est un peu bizarre. Ne vous laissez pas faire!

— N'ayez aucune crainte! répondit joyeusement François. Je suis d'ailleurs surpris qu'il veuille vivre avec nous. J'aurais cru qu'il préférerait retourner chez lui, plutôt que de demeurer auprès d'étrangers.

— Ce n'est pas possible, indiqua Mme Pichon, parce que sa sœur a la coqueluche. Sa mère ne voudrait pas qu'il l'attrape aussi.

— Il devra donc s'habituer à nous! répliqua François. Je vous remercie de nous prêter votre maison, madame. Nous en prendrons soin.

— J'en suis persuadée. Au revoir, François. Amusez-vous bien. Je retourne maintenant à ma voiture pour partir chez ma cousine. J'espère qu'Edmond ne transformera pas la maison en arche de Noé!

— Cela ne nous dérangera pas, affirma François.

— Où donc se trouve Edmond?... Je suis déjà en retard : dites-lui que je l'embrasse.»

François attendit poliment de voir disparaître la vieille dame puis le ronflement de l'auto qui démarrait lui parvint.

Revenu devant la maison, François s'arrêta pour contempler la mer. Quelques bateaux de pêche sortaient du port. Peut-être passeraient-ils au large une nuit, une semaine, ou même un mois.

Sa sœur le rejoignit.

«C'est magnifique! s'écria-t-elle avec feu. On est si haut, ici, qu'on a l'impression d'admirer la moitié du monde à ses pieds. Penses-tu que ce soit une île, tout là-bas?

— Oui. On dirait qu'elle est couverte de bois. Je me demande comment elle s'appelle, si elle est habitée. Je ne distingue aucune maison, et toi?»

La voix de Mick interrompit la conversation.

«Annie! Claude descend au village avec moi. Donne-nous ta liste. A part ton pyjama, ta brosse à dents et des vêtements de rechange, François, que veux-tu que nous prenions pour toi?

— Attends! cria son frère. Je ne trouve plus la feuille où j'ai noté les objets nécessaires... Mais je crois que je ferais mieux de vous accompagner : il y aura les provisions et pas mal de choses à transporter? A moins que maman ne nous les apporte en voiture, cet après-midi!

— Oui, c'est une bonne idée, approuva Mick. Allons d'abord chercher les affaires de Claude à la villa des Mouettes, puis nous passerons chez nous. Je laisserai à maman nos bagages et les vivres.

— Je reste ici pour nettoyer la maison à fond, annonça Annie, contente. Je vais vérifier le fonctionnement du réchaud à pétrole : j'espère qu'il marche bien. Tout sera irréprochable pour l'arrivée de maman. François, tu peux partir avec Claude et Mick. Je ne m'ennuierai pas!

— C'est entendu. A bientôt, Annie! Nous emmenons Dago; il sera heureux de courir.»

Suivis de Dagobert qui bondissait joyeusement, les trois enfants s'éloignèrent. Lorsqu'ils se trouvèrent hors de vue, Annie se dirigea gaiement vers la chaumière. Elle n'avait pas atteint la porte qu'elle entendit quelqu'un l'appeler. En se retournant, elle aperçut une femme au visage inconnu qui lui adressait de grands signes.

« Je m'appelle Germaine! cria-t-elle. Voulez-vous que je vous aide à faire le ménage et la cuisine? Mme Pichon m'a demandé de ne pas revenir pour le moment mais, si vous avez besoin de moi, je suis à votre disposition.

— Je pense que nous pourrons nous tirer d'affaire, répondit Annie. Nous sommes nombreux : nous nous partagerons la besogne. Est-ce que vous dormiez ici?

— Non, fit Germaine en s'approchant. Une fois mon travail fini, je retourne chez moi. Si vous changez d'avis, vous n'aurez qu'à m'appeler... Où est ce singe d'Edmond? Ce matin, il m'a parlé d'une façon vraiment impolie; le méchant gamin! Je le dirai à sa grand-mère... Ne vous laissez pas ennuyer par lui!

— Ne craignez rien! s'exclama la fillette en riant. Où habitez-vous, pour le cas où nous aurions trop de travail?

— De l'autre côté de la route, dans le petit bois, répondit Germaine. Du chemin forestier, vous pourrez voir ma maison qui se trouve à une centaine de mètres d'ici, à droite. »

Elle monta la pente, franchit la porte blanche et traversa la route. Annie se mit avec ardeur à ses tâches ménagères. Après avoir vidé le garde-manger, elle saisit un seau et se rendit au puits.

Le seau, suspendu à l'extrémité de la corde par un crochet, descendait en se balançant pendant qu'elle tournait la manivelle. Floc! Annie remonta le récipient rempli d'eau claire, pure et glacée. En se dirigeant vers la maison, elle se demanda cependant s'il fallait la faire bouillir!

Un garçon se glissa derrière elle à pas de loup et poussa un hurlement sauvage. Annie laissa tomber le seau en criant de surprise et de frayeur. Edmond dansait autour d'elle en riant.

«C'est malin! s'exclama-t-elle, furieuse. Tu n'as plus qu'à me remonter de l'eau.

— Où est le gros chien? demanda le garçon en regardant de tous côtés. Je ne le vois pas. Je veux bien que vous veniez habiter ici, mais à condition qu'il vienne aussi. Je l'aime beaucoup, ce Dago.

— Il est descendu au village avec les autres. Maintenant, s'il te plaît, ramasse le seau et va le remplir au puits.

— Non! répliqua Edmond. Je ne suis pas ton domestique. Fais-le toi-même!

— Très bien, fit Annie en saisissant le seau. Je raconterai à Claude et à Dago comment tu t'es montré méchant; tu peux être sûr que Dago ne sera plus ton copain!

— Je vais tirer de l'eau! Je vais tirer de l'eau! s'écria Edmond en empoignant le récipient. Gare à toi si tu répètes quoi que ce soit à Claude et à Dago. Gare à toi!»

Il se rendit au puits. Eh bien! On allait s'amuser avec un garçon si bizarre! Annie le détesta.

# Chapitre 5
# Annie se déchaîne

Edmond déposa le seau rempli d'eau près d'Annie. «Veux-tu voir mes scarabées? demanda-t-il.

— Non merci, répondit Annie. Je n'aime pas beaucoup ces bêtes-là.

— Tu as tort! répliqua Edmond avec sévérité. J'en ai deux qui sont magnifiques. Si tu veux, tu pourras les prendre dans la main. Cela fait drôle de sentir leurs petites pattes qui courent sur la peau.

— Je n'ai pas peur des scarabées, mais je ne tiens pas à ce qu'ils se promènent sur ma main, fit la pauvre Annie qui, en réalité, n'aurait pas touché un de ces insectes pour tout l'or du monde. Laisse-moi passer, Edmond. Si tu étais gentil, tu porterais le seau à la cuisine.

— Je ne suis pas gentil, grommela le garçon. Tout le monde me le dit. N'importe comment, puisque tu refuses d'admirer mes scarabées, je ne porterai pas ton seau.

— Alors, va-t'en!» s'écria Annie, exaspérée, en saisissant l'anse du récipient.

Edmond alla s'asseoir auprès d'un buisson

épais. Penchant la tête au ras de l'herbe, il regarda sous les arbustes. La fillette se sentit mal à l'aise. Se préparait-il à appeler les scarabées? Elle ne put s'empêcher de poser le seau d'eau pour observer le garçon.

Aucun scarabée ne surgit; en revanche, un autre animal apparut. Un gros crapaud fixa sur Edmond un regard qui semblait exprimer la plus profonde confiance. Annie fut stupéfaite. Comment Edmond savait-il que la bête se cachait là? Elle frissonna car elle n'aimait vraiment pas les crapauds, mais elle ne pouvait détacher son regard de ce spectacle étonnant.

«Je sais bien qu'ils ont de beaux yeux, pensait-elle, qu'ils sont intelligents et qu'ils mangent les insectes nuisibles. Pourtant, je ne pourrais pas toucher cette bête!»

Edmond l'appela:

«Viens dire bonjour à mon gentil crapaud. Ensuite, je porterai ton seau.»

Craignant que le garçon ne fît encore sortir un ou deux serpents, Annie souleva le récipient plein d'eau. Quel garçon étrange! De toutes ses forces, elle souhaita de voir vite revenir ses frères... Elle s'aperçut soudain avec horreur que le crapaud grimpait sur la main d'Edmond. C'en fut trop! Elle courut vers la maison, non sans renverser une bonne moitié du liquide.

«Je voudrais bien être comme Claude, se dit-elle. Cette bête ne la gênerait absolument pas, elle. Je suis sotte. Il faudrait que j'essaie d'aimer les animaux, sans exception... Oh! il y a une énorme araignée sur le réchaud! Edmond! Edmond! cria-t-elle. Je t'en prie, viens vite la chasser!»

Edmond arriva sans se presser le moins du monde. Dieu merci, il avait abandonné son crapaud! Faisant claquer légèrement sa langue, il tendit la main vers l'insecte velu qui dressa  deux petites antennes, se déplaça sur le réchaud et atteignit les doigts du garçon. Annie ne put réprimer un frisson; elle ferma les yeux. Quand elle les rouvrit, Edmond et l'araignée avaient disparu.

Elle se remit enfin de ses émotions pour vaquer à ses tâches ménagères.

«Je vais nettoyer la chambre des garçons, décida-t-elle. Ensuite, je frotterai le carrelage de la salle à manger. Il faut aussi que je lave les vitres qui en ont grand besoin... Voilà Edmond qui revient.

— Qu'y a-t-il à manger ici? demanda-t-il. J'ai faim.»

Bousculant presque Annie, il ouvrit le buffet et en sortit un gâteau de Savoie. Il en coupa une tranche qu'il se mit à dévorer.

«Tu aurais pu m'en offrir un morceau, observa Annie. Tu n'es vraiment pas poli!

— Je n'aime pas être poli! répliqua Edmond, la bouche pleine. Surtout avec les gens qui s'installent chez moi alors que je ne les ai pas invités.

— Ne dis pas de sottises! s'exclama Annie, au comble de l'exaspération. D'abord, ce n'est pas ta maison : elle appartient à ta grand-mère. Et puis, tu nous as dit que nous pouvions rester avec Dago.

— Bientôt, Dago deviendra *mon* chien, affirma Edmond en tournant les talons. Il ne reconnaîtra même plus Claude ; il ne me quittera pas, ni de la journée, ni de la nuit.»

Annie éclata d'un rire méprisant. Dago s'attacher à ce garçon? Jamais cela ne pourrait se produire! Dago aimait Claude de tout son cœur de chien et il ne l'abandonnerait sûrement pas pour Edmond, même si celui-ci soufflait dans son pipeau, même s'il prenait sa voix cajoleuse. Annie en mettrait sa main au feu!

«Ne te moque pas de moi, s'écria Edmond, furieux, en s'arrêtant sur le seuil, ou j'appelle ma couleuvre... et ma vipère! Je vais te faire courir, et vite, pendant des kilomètres!

— Ah! non! fit Annie d'un air assuré en se précipitant vers le coin de la pièce. C'est moi qui te regarderai courir!»

Le seau d'eau à la main, elle s'élança jusqu'à la porte et, d'un mouvement brusque, en projeta le contenu sur Edmond, abasourdi. Il y eut quelqu'un qui fut encore plus stupéfait : François qui, ne voulant pas laisser Annie seule trop longtemps, avait précédé son frère et sa cousine.

Arrivé au moment précis où sa sœur douchait Edmond, il la regarda en écarquillant les yeux. Le visage de la fillette montrait encore une expression féroce. Qu'était devenue la douce, la paisible Annie?

«Annie! s'écria-t-il. Qu'est-ce qui se passe? Qu'a fait Edmond?

— François!» souffla-t-elle, surprise, heureuse évidemment de le voir, mais honteuse qu'il ait été témoin de son geste impulsif.

Trempé de la tête aux pieds, interloqué, ahuri, Edmond cherchait à reprendre son souffle et ses esprits. Annie lui avait semblé si inoffensive, si peureuse : une araignée l'épouvantait...

«Cette fille! grogna-t-il en se secouant. C'est une vraie tigresse! Elle m'a lancé de l'eau à la tête... Je ne veux pas qu'elle reste dans ma maison!»

A la vue du garçon trempé, furieux et étonné, le fou rire secoua François.

«Ainsi, fit-il en frappant Annie sur l'épaule, la souris s'est changée en tigre! Tu m'avais bien prévenu, mais tu n'as pas perdu de temps! Voyons, les griffes ont-elles poussé?»

Attrapant les doigts de sa sœur, il feignit d'examiner les ongles avec attention. Moitié riant, moitié pleurant, Annie cacha ses mains derrière son dos.

«Je n'aurais pas dû arroser Edmond comme cela, dit-elle. Tu comprends, il m'a tellement agacée que j'ai perdu mon sang-froid et...

— Ma foi! s'écria son frère, c'est quelquefois une bonne chose à faire. De toute façon, le jeune Edmond n'a eu que ce qu'il méritait. J'espère que l'eau était bien froide! As-tu ici d'autres vêtements, Edmond? Oui? Alors, va vite te changer.»

Le garçon restait planté là, ruisselant, sans

manifester la moindre volonté d'obéissance.

«Tu entends? reprit François. Va te changer. File!»

A la vue du gamin trempé et malheureux, Annie éprouva soudain du remords. Courant vers lui, elle s'écria.

«Excuse-moi! Je regrette vraiment de t'avoir lancé de l'eau. Je ne sais plus pourquoi je me suis mise à jouer au tigre.»

Edmond esquissa une grimace qui se voulait un sourire. On entendit comme un sanglot.

«Excuse-moi aussi, murmura-t-il. Tu es gentille... Ton nez ressemble à... à celui d'un lapin.»

Il s'élança dans la chaumière et claqua la porte.

«Laisse-le tranquille quelques instants, conseilla François à Annie qui se préparait à suivre Edmond. Cela lui fera du bien. Il n'y a rien de tel qu'un seau d'eau lancé à la figure de quelqu'un pour qu'il devienne raisonnable... Tu l'as sûrement ému en lui demandant pardon. Il n'avait peut-être jamais encore présenté d'excuses à personne!

— Est-ce que mon nez ressemble à celui d'un lapin? demanda Annie, troublée.

— Heu... Oui, un peu, répondit François d'un ton amusé. Mais tu sais, c'est joli, très joli, un nez de lapin... Je crois qu'après cet intermède, Edmond n'essaiera plus de t'ennuyer. Il ne savait pas que, malgré ton nez de lapin, tu cachais un cœur de tigre!»

Une dizaine de minutes plus tard, Edmond apparut, habillé de sec. Il portait un tas informe de vêtements humides où se mêlaient les jambes du pantalon et les manches de la chemise.

«Je vais les étendre sur l'herbe
pour qu'ils sèchent au soleil»,
proposa la fillette en les prenant.
Elle sourit. De façon inattendue,
Edmond lui rendit son sourire.

«Merci, dit-il. Je me demande comment j'ai fait pour les mouiller ainsi. Il a dû pleuvoir à verse!

— La pluie donne parfois de très bons résultats, constata François en lançant une bourrade amicale à Edmond. Tiens, voilà les autres qui reviennent! Annie, tu pourras remplir le réfrigérateur avec les provisions qu'ils rapportent. On va les rentrer; Edmond, viens nous aider!»

# Chapitre 6

# Le père Lucas
# raconte une histoire

«En fin de compte, fit Mick à l'adresse d'Annie, comme nous avons pu transporter nos affaires sur les vélos, maman ne viendra pas aujourd'hui.»

Les enfants s'amusèrent beaucoup à ranger les vêtements et les provisions, et Annie plus encore que les autres car elle avait déjà l'âme d'une vraie petite femme d'intérieur.

«Quelle bonne ménagère! s'écria François avec satisfaction en constatant qu'elle avait rendu la chambre des garçons nette et confortable. Quand nous aurons poussé les bagages dans

le coin, nous disposerons d'assez de place pour dormir... Le garde-manger semble bien garni!»

Annie contempla les vivres et sourit. Elle pourrait maintenant fournir à la maisonnée des repas consistants. Il lui suffirait de puiser dans ce pâté de campagne, dans ce jambonneau, ces boîtes de sardines, dans les tomates, les belles laitues emballées dans des sachets de matière plastique, dans les pots de confitures, le chocolat, les oranges... Cet énorme gâteau de Savoie durerait bien deux ou trois jours! Brave François : il avait pensé à acheter des gaufrettes dont elle raffolait, ainsi que Claude.

Annie se sentit très heureuse. Elle n'éprouvait même plus de remords à la pensée du seau d'eau renversé sur le pauvre Edmond. A la vérité, une bouffée de fierté l'envahissait au souvenir de sa transformation inattendue en tigresse.

«A l'occasion, je pourrais recommencer, pensa-t-elle. De temps en temps, ce serait assez plaisant. Edmond paraissait surpris... Et François encore davantage! Pauvre Edmond : il se montre beaucoup plus gentil à présent!»

Rien n'était plus exact. Poli à l'égard des deux filles, il se prenait moins pour le «centre du monde», ainsi que le remarqua Mick. Les enfants s'installèrent joyeusement dans la chaumière.

Puisque la place manquait vraiment dans la salle à manger-cuisine, ils prenaient la plupart de leurs repas dehors, sur l'herbe tiède et odorante. Annie aimait bien composer les menus; Claude venait quelquefois l'aider, et les garçons portaient les plateaux. Edmond lui-même pre-

de guerre qui s'apprêtaient à accoster.»
Le père Lucas se tut quelques secondes,
savourant la curiosité qui brillait dans
les yeux de ses jeunes auditeurs.
«L'un des bateaux sombra, reprit-il,
éventré par les récifs dont le
capitaine ignorait la présence,
mais les gendarmes et les
marins parvinrent à nager
jusqu'à l'île et se joignirent
à l'équipage du navire rescapé pour prendre
d'assaut l'étrange château. Le vieux solitaire fut
jeté en prison et ses serviteurs dispersés.

— A-t-on trouvé les trésors? interrogea
Mick.

— Pas le moindre! Certains affirment qu'il
ne s'agit que d'une légende, d'autres préten-
dent qu'ils sont encore dans l'île. Moi, je sou-
tiens que ce n'est qu'une histoire, une bonne
histoire, ma foi!

— A qui appartient l'île maintenant?
s'enquit François.

— Quelque temps
après, un vieux
couple s'y est installé.
Peut-être ces gens
avaient-ils acheté
l'île, peut-être
la louaient-ils,
je ne sais pas.
L'homme et la femme
ne s'intéressaient qu'aux
oiseaux et aux animaux.
Ils ne permettaient

49

à personne d'aborder dans leur domaine et employaient même, comme le vieil homme trop riche, des gardes armés qui effrayaient les touristes. Ils voulaient maintenir la paix et la tranquillité pour ne pas troubler les bêtes qui vivaient en liberté... L'idée n'était pas mauvaise! Quand je travaillais là-bas comme garde, les lapins venaient souvent gambader jusqu'à mes pieds... et les oiseaux se laissaient apprivoiser.

— Que j'aimerais y aller! s'exclama Edmond avec passion. Je m'amuserais bien avec les bêtes sauvages! Est-ce qu'on peut s'y rendre?

— Non, répondit le père Lucas en saisissant sa navette. Depuis que l'homme et la femme sont morts, personne n'a plus habité le château. Un petit-neveu de ces gens s'occupe aujourd'hui de l'île, mais de loin; il n'y vient jamais. Il a engagé, lui aussi, deux gardes qui empêchent les gens de débarquer; il paraît qu'ils sont vraiment méchants. On dirait que cela devient une tradition pour cette île, d'être surveillée par des hommes armés... Et voilà l'histoire de l'île aux Quatre-Vents! Elle n'est pas très plaisante, elle est plutôt triste. C'est maintenant le territoire des oiseaux et des bêtes.

— C'était passionnant», dit Annie.

Le père Lucas lui sourit en lui tapotant la joue.

«Allons, je dois me remettre au travail. Demain à l'aube, je pars à la pêche; il faut que mes filets soient réparés!»

# Chapitre 7

# Dans la prairie

Après cette conversation intéressante, les enfants quittèrent le père Lucas, le laissant à ses travaux. L'esprit encore plein du récit qui excitait leur imagination, ils remontaient le chemin tortueux tandis que Dago courait, virait, galopait, fou de liberté, dans les bruyères que traversait le sentier.

Soudain, il tomba en arrêt. D'un épais fourré, un minuscule lapin jaillit comme une flèche, affolé. Dago partit à sa poursuite; effrayée, la bête se jetait de côté et d'autre, essayant de s'échapper.

«Laisse, Dago, laisse!» cria Claude.

Dans son ardeur chasseresse, le chien ne l'entendit même pas. Alors que la petite boule blanche fonçait non loin de lui, Edmond émit un curieux sifflement. Le lapin hésita une fraction de seconde, puis il fit volte-face et s'élança droit sur lui. Il sauta dans ses bras et s'y blottit, tremblant de tout son corps. A son tour, Dagobert bondit, mais Claude le tira en arrière.

«Non, Dago! Tu n'attraperas pas cette bête.

Assis! J'ai dit : assis!»

Le chien regarda Claude d'un air dégoûté. Furieux contre sa maîtresse, il s'éloigna. Les lapins n'existaient-ils pas pour qu'on les attrape? se demandait-il dans sa cervelle canine. Pourquoi Claude se mêlait-elle de gâcher son plaisir?

Le petit lapin frémissait de la tête jusqu'au bout de la queue. Peu à peu, il se calma. Quand Edmond le déposa au pied d'un arbuste, il s'enfuit en un éclair à la recherche du terrier le plus proche.

«Voyons, Dago, fit Edmond. Il est trop petit pour toi qui es si gros!

— Ouah!» répondit Dago comme s'il comprenait, et il donna un coup de langue au garçon.

Puis, avec des aboiements joyeux, il se mit à danser autour de lui : c'était sa façon de l'inviter à jouer. Edmond s'élança devant lui à toutes jambes.

Les cousins le suivirent, impressionnés une fois de plus par le pouvoir

mystérieux que possédait leur compagnon sur les animaux. Claude fronça les soucils; elle ne se sentait guère rassurée. Si elle ne prenait pas garde, son chien lui préférerait bientôt Edmond! Elle se promit d'y veiller... Au croisement du chemin avec la route, ils rejoignirent Edmond et Dago, essoufflés.

«Regardez! s'écria Mick. Dans le pré, en face, je vois des violettes. Nous pourrions en cueillir quelques bouquets pour orner la chaumière!

— Tu as parfois de bonnes idées!» approuva Annie.

Garçons et filles commencèrent de rassembler les fleurettes mauves qui poussaient sur le talus de la prairie. A peine trois minutes s'étaient-elles écoulées que Dagobert revenait vers eux en bondissant. Il tenait un objet dans sa gueule.

«Qu'est-ce que c'est? demanda Claude. Une pierre? Donne, Dago!»

Soudain, ce qui semblait un caillou disparut sous les dents de Dago qui prit un air stupide. Il cracha des coquilles brisées, une substance jaune mélangée à une autre translucide... Il avait trouvé un œuf! Les enfants éclatèrent de rire à ce spectacle comique. Dagobert repartit vers un buisson, puis revint avec un second œuf qu'il déposa délicatement aux pieds de Claude. La fillette le ramassa tandis que le chien s'élançait de nouveau en direction du taillis d'où il extirpa un nouvel œuf. Au grand amusement de tous, il recommença le manège à plusieurs reprises. Le mouchoir de Claude contenait maintenant cinq œufs!

«Voilà une poule qui choisit un drôle d'endroit pour pondre! remarqua François, hilare. A qui peut-elle appartenir?

— Tiens! s'écria Mick. J'aperçois une ferme, là-bas. La poule doit sans doute s'en échapper.

— Allons trouver le paysan, proposa Claude. Il saura bien si l'une de ses volailles a des goûts d'indépendance!»

Au bout d'une centaine de mètres, la petite troupe atteignit deux vastes corps de bâtiment qui encadraient une cour. Des canards et leurs canetons, des poules et leurs poussins picoraient. A la vue des enfants et de Dago, ils s'enfuirent dans un grand bruit de caquettements et de claquements d'ailes. Le mouchoir de Claude à la main, François s'avança vers le fermier qui dételait un cheval.

«Nous vous apportons un cadeau de notre chien, annonça-t-il. Il a trouvé ces œufs dans un buisson du pré.

— Ma foi, déclara l'homme en souriant, cela fait bien une semaine que j'essaie de repérer la place où la poule blanche et noire cache ses œufs! Voyez-vous, la porte reste presque tou-

jours ouverte, mais c'est la seule volaille qui s'amuse à se sauver... Merci beaucoup! Entrez, voulez-vous boire de la limonade?»

Les enfants pénétrèrent dans la salle fraîche, tandis que Dago, à sa grande joie, se voyait offrir des os de lapin.

«Nous habitons la chaumière qui se dresse sur la falaise, dit Michel. La connaissez-vous?

— Certainement. Il y a bien longtemps de ça, ma grand-mère y a vécu. Quelle vue magnifique! Je crois que c'est l'une des plus belles qui soient! De là-haut, vous pouvez apercevoir l'île aux Quatre-Vents. On devrait plutôt l'appeler l'"île du Mystère"! Il paraît que les gens qui s'y sont rendus n'en sont jamais revenus.

— Que leur est-il arrivé? demanda Annie.

— Il se peut qu'il s'agisse d'un conte, dit le fermier avec prudence. Comme on dit que des trésors y demeurent cachés, des collectionneurs du monde entier ont essayé de s'introduire dans l'île — non pas dans l'intention de voler, vous comprenez, mais pour se rendre compte de l'existence réelle des objets précieux qu'ils tenteraient ensuite d'acheter pour un musée... ou une boutique d'antiquités. D'après la rumeur, les bois cacheraient des statues blanches comme la neige... Moi, je n'en crois rien!

— Les collectionneurs sont-ils revenus? questionna François.

— Il y en aurait de nombreux dont on n'aurait plus entendu parler, répondit le paysan d'un ton grave. Ce n'est peut-être qu'une fable stupide... Ce dont je suis certain, pourtant, c'est que deux hommes envoyés par un musée louèrent un jour un bateau. Ils hissèrent un pavillon blanc pour que les gardes ne tirent pas sur eux... Jamais on n'en a eu de nouvelles : ils ont disparu purement et simplement.

— Comment est-ce arrivé? interrogea François.

— Personne n'en sait rien. Lorsqu'on retrouva la barque, elle dérivait à des kilomètres au large. Elle était vide. Les gendarmes conclurent qu'ils avaient perdu leur direction à cause du brouillard.

— Ont-ils abandonné leur embarcation pour gagner la rive à la nage? s'enquit Mick. Ou un navire de passage les a-t-il recueillis?

— En tout cas, ils n'ont jamais donné signe de vie, déclara le fermier. J'ai l'impression que les pauvres se sont noyés, à moins que les gardes ne les aient abattus au moment où ils cherchaient à accoster!

— Et les gendarmes n'ont rien fait? dit François, étonné.

— Mais si : une patrouille de la gendarmerie maritime s'est rendue dans l'île. Aux questions posées, les gardes jurèrent qu'ils n'avaient vu arriver personne et qu'ils étaient les seuls habitants. Les gendarmes eurent beau fouiller partout, ils ne découvrirent que le château de pierre, au milieu des bois, et des dizaines de bêtes sauvages qui connaissaient si peu la peur qu'elles laissaient approcher les gens sans bouger.

— C'est bien mystérieux, observa François en se levant. Merci beaucoup pour la limonade et pour votre récit. Le père Lucas aussi nous a raconté des histoires sur l'île aux Quatre-Vents.

— Le père Lucas! s'écria le fermier. Il est sûrement bien renseigné : je crois que, pendant un moment, il faisait partie des gardes... Vous êtes gentils de m'avoir rapporté les œufs ; prenez-les donc, vous pourrez les manger à la coque. »

Quand les enfants sortirent, Dagobert se mit à bondir avec fougue. Cela ne l'amusait pas d'errer dans la cour, devant les poules dédaigneuses qui se promenaient sans soucis en sachant que le chien ne s'attaquerait pas à elles.

« Est-ce que tes os étaient bons, Dago ? » interrogea Claude.

Il accourut vers elle et lui donna un rapide coup de langue. Drôle de question ! Il appréciait toujours les os ! Il s'élança dans la prairie, furetant auprès des buissons. Peut-être flairait-il la trace d'un gros lapin de garenne qu'on lui permettrait, cette fois, de chasser ?

Garçons et filles atteignirent bientôt la route qu'ils suivirent en discutant de l'île étrange.

« Je me demande ce qui est vraiment arrivé aux deux envoyés du musée disparus de façon si mystérieuse, fit Annie. C'est bizarre, cette barque vide à la dérive !

— Ils ont dû se noyer, remarqua Mick. Croyez-vous qu'il reste encore quelques-uns des trésors cachés par le vieux monsieur ? Probablement pas : les gendarmes les auraient trouvés au cours de leurs recherches.

— J'aimerais bien aller dans l'île ! fit Claude d'un air enthousiaste. Je ne pense pas que les gardes tireraient sur nous, quand même ! Ils seraient peut-être même contents de notre visite. Elle leur changerait les idées ; ils s'ennuient sûrement dans leur solitude.

— Ne prends pas tes désirs pour des réalités, conseilla François. Nous n'approcherons pas de cette côte, sois-en certaine.

— Je sais que c'est impossible, répliqua Claude. Pourtant, si nous arrivions à aborder sur l'île et à l'explorer sans que les gardes s'en aperçoivent, quelle aventure palpitante ce serait!

— Pas si palpitante que ça! s'exclama Mick. Nous risquerions d'être criblés de balles! N'importe comment, on a sans doute enlevé les trésors depuis longtemps. Nous ne découvririons rien d'intéressant, sauf les animaux sauvages; Edmond en deviendrait fou de joie! Qu'en dis-tu, Edmond?

— Je m'amuserais bien! répondit Edmond, les yeux brillants. D'ailleurs, je pourrais emprunter une barque à un pêcheur; je tournerais autour de l'île pour tenter de voir les bêtes.

— Tu ne feras rien de tel! coupa immédiatement François. N'essaie pas de nous jouer un de tes tours!

— Tu n'as pas ma promesse, repartit le petit garçon d'un ton rogue. Tu verras...

— Ce que je vois, c'est que tu t'imagines déjà grand! fit François. Dépêchons-nous maintenant! Nous devrions être en train de déjeuner; j'ai une faim!... Que mangerons-nous, Annie?

— Des œufs à la coque, répondit Annie, du

jambon; il reste beaucoup de pain; de la laitue que j'ai déjà lavée. Et des tomates et des oranges!

— Chic! s'écria Claude. A table, Dago, à table!»

A ces paroles prometteuses, Dagobert bondit sur la pente comme une flèche.

«Si je pouvais filer de cette façon, soupira Annie, essoufflée. Pousse-moi, François; je n'arriverai jamais là-haut!»

# Chapitre 8

# Edmond et son pipeau

Au moment de la remontée, Dagobert, haletant, la langue pendante, attendait les enfants. Ils le virent ramasser un objet rond, le lancer, puis le rattraper.

«Encore un œuf? suggéra Mick en riant de sa plaisanterie.

— Il serait déjà cassé! fit Claude. Donne, Dago. Qu'est-ce que tu as trouvé?»

Claude vit une balle rouler à ses pieds.

«C'est une balle qu'on fait rebondir sur une raquette, remarqua-t-elle. Voyez, elle est trouée à l'endroit d'où l'élastique s'est détaché. Quelqu'un a dû la perdre. Tiens, Dago, tu peux jouer.

— Il ne va pas l'avaler? s'écria Edmond d'un air soucieux. Elle n'est pas très grosse...

— Dago est trop intelligent pour avaler une balle! rétorqua Claude. Ne t'inquiète donc pas de lui; je m'en charge. C'est mon chien, non?

— Bon, fit Edmond. Mademoiselle Je-sais-tout s'occupe de son chien!»

Claude fixa sur lui des yeux courroucés; il lui répondit par une grimace. Ensuite, il siffla Dago. Oui, il osa siffler Dago! Le sang de Claude ne fit qu'un tour.

«Tu n'as pas le droit de siffler mon chien! s'exclama-t-elle. N'importe comment, Dago ne te répondra pas.» A sa surprise indignée, Dago commença de sauter devant le petit garçon, espérant une course.

Comme Claude le rappelait avec sévérité, il la regarda, étonné. Alors qu'il revenait vers elle, Edmond modula un nouveau son. Obéissant, le chien se prépara à retourner sur ses pas.

Sa maîtresse saisit son collier d'une main tandis que, de l'autre, elle lançait un coup de poing à Edmond. Elle le manqua. Son adversaire se mit à danser autour d'elle en riant.

«Arrêtez, vous deux! ordonna François qui remarqua l'air furieux de sa cousine. Allons, cessez! Edmond, marche devant et ne t'arrête pas. Ne sois pas bête, Claude; il te taquine pour que tu perdes ton sang-froid. Ne lui donne pas ce plaisir!»

Si Claude ne répondit rien, ses yeux étincelèrent.

«Sapristi, pensa Annie, maintenant, finie notre tranquillité! Elle ne pardonnera pas à Edmond d'essayer de lui prendre Dago. Par moments, ce gamin est vraiment odieux!»

Affamés, tous manifestèrent leur plaisir à la vue du repas qu'Annie se mit à préparer. Claude ne voulant pas lâcher Dago pour le cas où Edmond chercherait à l'attirer, Mick partit aider sa sœur dans la cuisine.

«Le voilà qui siffle encore ces notes bizarres, dit Mick à Annie. Les animaux ne semblent pas pouvoir y résister. Je ne m'étonne pas que Claude tienne solidement Dago par le collier!

— J'espère qu'elle ne va pas nous faire la tête, dit Annie. Bien sûr, Edmond se conduit quelquefois de façon idiote, il est agaçant au possible, mais au fond il n'est pas méchant. Tu ne trouves pas?

— Je pense qu'il est mauvais comme la gale, répliqua Mick en coupant les tomates en tranches. Si j'étais un chien, je n'irais pas me frotter contre lui, je le mordrais. Est-ce qu'il y a assez de tomates?

— Oh! oui, répondit sa sœur. Combien de kilos de tomates allons-nous

manger, à ton avis? Tiens, ouvre cette boîte de sardines. C'est une besogne que je déteste parce que je me blesse presque toujours.

— Alors, ne t'y attaque plus jamais! déclara Mick d'un ton solennel. A partir d'aujourd'hui, je me nomme "ouvreur de boîtes" officiel!... Ma vieille Annie, heureusement que tu es là! Tu prends tout sur tes épaules et nous en profitons. Claude devrait quand même t'aider davantage; il faudra que je lui en parle.

— Non, surtout pas! protesta Annie, effrayée. J'aime bien travailler seule. Claude ne ferait que casser la vaisselle. Malgré sa bonne volonté, elle est aussi maladroite qu'un garçon lorsqu'il s'agit de laver les assiettes ou de les ranger.

— Tu penses que les garçons sont maladroits! fit Mick en arborant un air offensé. M'as-tu déjà vu casser quelque chose? Je suis aussi habile qu'une fille!»

Hélas! Il n'avait pas terminé ces mots que le verre qu'il tenait glissa de sa main et se brisa sur le carrelage. Annie le regarda et partit d'un éclat de rire ravi.

«Maladroit, maladroit! chantonna-t-elle. Tu ne peux pas prendre un verre sans le laisser tomber! Ecoute, emporte le plateau dehors et, surtout, tiens-le bien!»

Le repas fut dévoré. Qu'il était agréable de rester assis sur la falaise en observant, au loin, les quelques barques qui naviguaient dans le port! Par ce temps clair, les enfants pouvaient contempler à loisir l'île aux Quatre-Vents. Les pêcheurs prenaient garde, semblait-il, de ne pas l'approcher, la contournant même à distance lorsqu'elle se trouvait sur leur chemin.

«Là-bas, des blaireaux doivent se promener dans la forêt, remarqua soudain Edmond. J'aimerais bien en voir un de près!

— Tu es sûrement le seul à le désirer, dit Claude. Ils sentent mauvais! Dieu merci, il n'y en a pas ici. Tu ne pourras pas en appeler avec ton pipeau.

— Edmond, fais venir un petit lapin, demanda Annie. Est-ce qu'il approcherait si nous ne bougions pas?

— Je le crois», répondit Edmond en plongeant la main dans sa poche droite.

L'air inquiet, il fouilla dans l'autre. Il se leva d'un mouvement brusque, vida ses poches. Le visage bouleversé, il regarda ses compagnons.

«Je ne l'ai plus, murmura-t-il. J'ai perdu mon pipeau. Jamais je n'en découvrirai un comme celui-ci, jamais!»

Edmond parut sur le point de fondre en larmes. Il se mit à chercher de tous côtés, et chacun participait à ses efforts. Seule, Claude demeurait assise, ne se souciant pas du drame. Mick, après lui avoir jeté un coup d'œil, fronça les sourcils. Elle paraissait contente de la perte du précieux instrument. Comme elle devait détester le pauvre Edmond! Evidemment, il faisait rarement preuve d'amabilité; pourtant, il était tellement malheureux maintenant qu'il devenait impossible de ne pas se sentir ému de son chagrin.

Claude rassembla assiettes et verres et les porta dans la chaumière. Annie la rejoignit quelques instants plus tard.

«J'ai de la peine pour Edmond, dit-elle. Et toi?

— Non, répondit brièvement sa cousine. Tant pis pour lui! J'espère qu'il ne retrouvera pas son pipeau... Cela lui apprendra à essayer de me prendre Dago!

— Que tu es bête! s'écria Annie, choquée. Il le fait pour rire! Il ne faut pas prendre ses taquineries au sérieux; tu sais bien que Dago t'aime mieux que n'importe qui et qu'il te préférera toujours! Dago t'appartient et rien ni personne ne pourra le détacher de toi... C'est pour s'amuser qu'Edmond l'attire, tu le sais bien!

— Oui, fit Claude d'une voix tremblante,

mais Dago lui obéit. Et il ne le devrait pas!

— Je crois qu'il ne peut pas s'en empêcher. Edmond possède un pouvoir singulier sur les animaux. Quant à son pipeau, il produit une sorte d'appel magique.

— Alors, je suis contente qu'il soit perdu! s'exclama Claude. Contente, contente, contente!!!

— Tu es donc idiote et méchante», conclut Annie en sortant.

Elle se rendait compte qu'il était inutile de raisonner sa cousine lorsqu'elle se complaisait dans cet état d'esprit. En marchant, elle se posa des questions qui la tourmentèrent : Claude savait-elle où était le pipeau? L'aurait-elle par hasard découvert, puis dissimulé ou même cassé? Non! S'il arrivait parfois à Claude de manifester son mauvais caractère, elle ne connaissait pas la mesquinerie. Et combien il serait mesquin de détruire le pipeau insolite aux trilles ensorcelants!

Annie se dirigea vers les garçons en se promettant d'essayer de consoler Edmond; mais il n'était plus là.

«Où est-il? demanda-t-elle.

— Il cherche son pipeau, répondit Mick. Je crois qu'il a vraiment beaucoup de chagrin, qu'il est bouleversé. Il nous a annoncé qu'il allait retourner à la ferme et qu'il referait tout le chemin parcouru ce matin. S'il réussit à retrouver le pipeau, il aura de la chance!

— Pauvre Edmond! fit Annie, compatissante. S'il m'avait attendue, je l'aurais accompagné... Est-ce qu'il ne lui sera plus possible d'appeler les bêtes sauvages?

— Je ne sais pas, dit Mick. Euh... Claude n'a pas une idée au sujet du pipeau? C'est peut-être méchant à dire, mais elle aurait pu le voir et le garder pour jouer un tour à Edmond.

— Je ne crois pas, affirma Annie. La plaisanterie serait trop mauvaise... François, que comptes-tu faire, cet après-midi? Ah, je vois! Tu vas encore dormir!

— Excellente idée, approuva François. Je vais m'étendre au soleil, jusqu'à trois heures. Ensuite, j'irai me promener sur le port et je me baignerai peut-être.

— Moi aussi, fit Mick en bâillant. Il fait tellement beau qu'on se croirait au mois de juillet! Que je me sens bien! J'ai sommeil... A bientôt! Je dooors...»

# Chapitre 9

# L'île aux Quatre-Vents

Les enfants dormaient profondément à trois heures passées, sous les chauds rayons du soleil, quand une mouche se mit à bourdonner avec obstination autour des oreilles d'Annie. Elle se réveilla, se frotta les yeux et consulta sa montre.

«Déjà trois heures dix! s'écria-t-elle, étonnée. Réveille-toi, François! Mick, debout! Ne voulez-vous plus vous baigner?»

Les deux garçons se redressèrent en bâillant et regardèrent d'un œil envieux Claude, plongée dans le sommeil. Edmond était invisible.

«Il doit toujours essayer de retrouver son pipeau, remarqua Annie. Courage, levez-vous! Mick, ne t'allonge pas, tu te rendormirais! Je vais chercher les maillots. Savez-vous où se trouvent les serviettes de bain? Il faudra sûrement que nous nous enroulions dedans pour nous déshabiller.

— Elles sont dans notre chambre, répondit Mick d'un ton paresseux. Comme j'ai bien dormi! Je me croyais dans mon lit.»

Annie réapparut bientôt devant la chaumière, munie d'un paquet de linge.

«J'ai tout ce qu'il nous faut! cria-t-elle à ses frères. François, dépêche-toi, debout!

— Bon, dit François en s'étirant. Quel soleil magnifique!»

Du pied, il poussa Mick.

«Allons, marmotte! Décide-toi à te lever, sinon on te laisse ici. Au revoir, Claude... Nous partons!»

Claude se mit enfin sur son séant. Comme pour la remercier, son chien lui donna un coup de langue sur la joue.

«Je suis prête, dit-elle en le caressant. Il fait si chaud que j'ai envie de me plonger dans la mer. Et toi, Dago?»

Remuant gaiement la queue, Dagobert s'élança au côté des enfants. Ils suivirent la route jusqu'à un terrain pierreux, en friche, qui surplombait une petite plage déserte. L'étendue bleue, scintillante, l'endroit calme les incitèrent à s'y arrêter. En moins de trois minutes,

ils endossèrent leur tenue de bain. Annie courut au bord de la mer et tâta l'eau du bout des pieds.

«Elle est bonne! cria-t-elle. Pas du tout froide. Je vais bien me baigner!

— Ouah!» fit Dago en bondissant dans l'eau.

Il adorait se rouler dans les vagues. Dès l'arrivée de Claude, il barbota dans sa direction. De ses bras, elle lui entoura le cou et se laissa tirer par lui. «Brave Dago, robuste Dago!» pensa-t-elle.

Garçons et filles s'en donnèrent à cœur joie. A quelques mètres du rivage, de grosses lames s'enflaient et retombaient en gouttelettes, pareilles à des cascades en miniature. Elles entraînaient avec elles les enfants qui, en poussant des exclamations ravies, sautaient au rythme des flots. Parfois, ils plongeaient sous les crêtes d'écume blanche et, au-delà de cette barrière, ils nageaient dans la mer devenue lisse. C'était une vraie journée de vacances.

Quand ils se sentirent fatigués, ils s'allongèrent au soleil, sur le sable chaud. Comme d'habitude, Dago montait la garde près de sa maîtresse. Au bout d'un instant, Claude se redressa, contempla le large d'un air d'envie et remarqua un pêcheur qui ramenait sa barque.

«Si nous avions un bateau!...
soupira-t-elle en
observant l'homme
qui, maintenant,
tirait son

embarcation à l'autre bout de la crique. Croyez-vous que le pêcheur accepterait de nous louer le sien ?

— Allons le lui demander », décida François en se levant.

A la requête que le garçon lui exposa poliment, le marin examina les visages tendus vers lui. « Non, répondit-il d'un ton bourru en vissant sa pipe entre ses dents. Je ne vous louerai pas ma barque. »

Il considéra un instant l'expression déçue de ses jeunes interlocuteurs et poursuivit d'un air malicieux :

« Mais je veux bien vous la prêter ! Vous trouverez au fond une paire de rames. Je dois faire réparer le moteur et l'atelier ne pourra s'en occuper qu'après-demain... A votre retour de promenade, vous n'aurez qu'à hisser le bateau sur le sable : il ne bougera pas.

— Merci beaucoup ! lancèrent quatre voix reconnaissantes.

— Comment s'appelle-t-il ? demanda Claude. Oh ! *La Belle Aventure !*

— Ce nom nous convient à merveille ! remarqua Mick en aidant son frère à pousser la coque vers la mer. Voilà la barque qui part ! Doucement, nous aimerions monter ! Claude, veux-tu aller chercher nos vêtements ? Nous pourrions nous habiller au cas où nous aurions froid. »

Le Club des Cinq fut vite installé dans l'embarcation qui tanguait sur les vagues. François ramait vers le large avec entrain. Une bonne brise soufflait.

«Je n'ai plus trop chaud maintenant!» dit Claude en enroulant sa serviette autour de son corps.

La marée descendante n'était pas pour rien dans l'allure rapide du bateau. Soudain, l'île aux Quatre-Vents parut bizarrement grande.

«Attention! fit Annie. Nous approchons de l'île! Il est possible qu'un garde nous surveille en ce moment.»

Malgré les efforts acharnés de François, la marée entraînait les navigateurs vers le seul endroit à éviter. Mick saisit une rame, laissant l'autre à François, et tous deux luttèrent avec désespoir contre la poussée de la mer pour tenter de s'éloigner de la côte interdite.

Les manœuvres furent vaines. La masse liquide était la plus forte. Alors que le bateau ne se trouvait plus qu'à faible distance du rivage, une énorme vague survint qui le jeta sur le sable. En se retirant, elle le laissa échoué. Comme il s'inclinait sur le côté, chacun se précipita à terre.

«Sapristi! s'écria François. Quelle marée! Si j'avais su qu'elle soit si puissante, je n'aurais pas conduit la barque loin du rivage.

— Qu'allons-nous faire?» demanda Annie, assez effrayée.

Elle jeta aux alentours des coups d'œil inquiets, s'attendant à voir surgir un garde armé d'un fusil. Peut-être la petite troupe connaîtrait-elle de sérieux ennuis à cause de son incursion dans l'île.

«A mon avis, commença François, nous resterons ici jusqu'à la prochaine marée qui nous permettra de rentrer. Je me demande pourquoi le pêcheur ne nous a pas signalé ce danger! Il croyait sans doute que nous étions au courant.»

Les enfants tirèrent un peu le bateau sur la plage, saisirent leurs vêtements et les cachèrent sous un buisson. Puis ils se dirigèrent vers le bois touffu qui mordait sur le sable. A peine y arrivaient-ils qu'ils entendirent un bruit étrange, mystérieux.

«Des chuchotements, remarqua Claude en s'arrêtant. Les arbres chuchotent... Ecoutez : on dirait même qu'ils gémissent.

— Je n'aime pas beaucoup cela, dit Annie. J'ai l'impression qu'ils racontent sur nous des histoires méchantes.»

«Chut... chut... chut...» chut! faisaient les arbres dont les feuilles s'agitaient au vent.

«Je ne m'étonne plus qu'elle s'appelle l'île aux Quatre-Vents! reprit Claude. J'ai du sable plein les oreilles... La marée ne tournera pas avant une ou deux heures : de quelle façon passerons-nous ce temps?

— Nous pourrions partir en exploration, proposa Mick. Après tout, Dago est là! En le voyant, personne n'osera nous attaquer.

— Avec leurs fusils, ils seraient capables de tirer sur lui, observa Claude. S'il se mettait à gronder, à courir vers eux en montrant les dents, ils auraient peur et ils feraient feu!

— Je pense que tu as raison, admit François, furieux contre lui-même d'avoir entraîné ses compagnons dans cette dangereuse mésaventure. Ne lâche pas le collier de Dago, Claude.

— Je crois, dit soudain Mick, que nous devrions essayer de trouver les gardes; nous leur expliquerions que la marée nous a poussés malgré nous, que nous ne pouvions plus diriger la barque. Puisque nous ne sommes pas des adultes venus dans l'intention de fouiner ici, ils nous croiraient sûrement. Nous n'aurions plus rien à craindre!»

Les enfants regardèrent François qui approuva :

«Oui, c'est une bonne idée. Nous nous livrons, nous demandons du secours... N'importe comment, nous ne voulions pas accoster : la mer a lancé notre embarcation sur ce rivage.»

Tandis que le Club des Cinq pénétrait dans la forêt, les bruissements des arbres redoublèrent d'intensité. On ne voyait personne. Le bois était si épais qu'il était parfois très difficile de s'y frayer un chemin. Après une dizaine de minutes de marche et de grimpées harassantes, François s'arrêta. Entre les troncs, il apercevait quelque chose.

Mick, Annie, Claude flanquée de Dagobert, se pressèrent derrière lui. François tendit la main, désignant un grand mur de pierre gris.

«C'est sans doute le vieux château», dit-il.

Autour d'eux, le feuillage se mit à chuchoter encore plus fort. Les enfants arrivèrent près du mur et commencèrent de le longer. Il était très haut : Annie, renversant la tête en arrière, put à peine en voir le sommet. Lorsqu'ils atteignirent enfin une grille, ils jetèrent des regards curieux à l'intérieur du domaine. Une immense cour s'étendait sous leurs yeux, entièrement vide.

«Si nous appelions?» proposa Mick qui se sentait lilliputien devant la porte monumentale.

Il se préparait à exécuter son projet quand deux hommes gigantesques apparurent, descendant de larges marches de pierre. Leur allure

farouche provoqua chez Dago un grondement menaçant qu'il ne put réprimer. Ils s'arrêtèrent immédiatement, stupéfaits, et observèrent les alentours.

«Le bruit vient de là-bas», dit l'un d'eux en tendant le bras vers la gauche.

Au vif soulagement des enfants qui s'étaient retranchés à l'abri du mur, les hommes s'élancèrent dans une mauvaise direction.

«Il vaut mieux que nous retournions à la plage, chuchota François. L'air de ces individus ne me plaît pas : on dirait de véritables bandits! Claude, arrange-toi pour que Dago n'aboie pas.»

Ils suivirent de nouveau l'enceinte du château, mais en sens inverse, traversèrent le bois plein de murmures et débouchèrent sur la bande de sable.

«Nous ramerons aussi vite que nous le pourrons, décida François. J'ai l'impression qu'il se passe ici quelque chose de bizarre; ces hommes semblent étrangers. Ce ne sont sûrement pas les gardes.

— François! s'écria Mick d'une voix bouleversée. Où est le bateau? Je ne le vois plus. Nous avons dû nous tromper de plage!»

Annie, François, Claude regardèrent de tous côtés. En effet, l'embarcation ne se trouvait plus là! Sans nul doute, ils la découvriraient dans un endroit différent...

«C'est pourtant bien ici, fit observer Claude. Pensez-vous que la mer ait emporté notre barque? Regardez cette grosse vague qui arrive... et qui se retire en entraînant du sable!

— Zut! lança François, troublé. Le bateau a très bien pu être soulevé par une lame de cette force. Attention! En voilà une autre!

— C'est sur cette plage que nous avons accosté! cria Annie en jetant un coup d'œil sous un buisson, près du bois. Voyez, nos affaires sont là!

— Prends-les vite! commanda François, tandis qu'une énorme vague envahissait la crique. Que je suis bête! Pourquoi n'avons-nous pas tiré le bateau plus loin?

— J'ai froid maintenant, dit Annie. Je vais m'habiller. Il sera plus facile de porter un maillot qu'un tas de vêtements!

— Bonne idée!» approuva Mick.

Garçons et filles se changèrent rapidement; ils eurent plus chaud, ce qui les réconforta un peu.

«Si nous laissions les serviettes et les costumes de bain cachés dans les buissons? proposa Claude. Ils nous serviront de point de repère.

— Mais qu'est-ce qu'on va faire? interrogea François d'une voix anxieuse. Sans bateau, impossible de rentrer... Et pourquoi donc avons-nous pris une barque qui s'appelle *La Belle Aventure*? Nous aurions dû nous douter qu'il arriverait quelque chose!»

# Chapitre 10

# Une situation embarrassante

Debout près de l'eau, François regardait au-dessus du rouleau formé par les vagues, espérant apercevoir le bateau à faible distance.

«Je pourrais le ramener, songeait-il. Non, la mer est déserte... Eh bien! nous sommes dans de beaux draps!»

Mick le rejoignit, l'air inquiet.

«Crois-tu que la terre soit trop éloignée pour que j'y parvienne? demanda-t-il. Je pourrais peut-être nager jusque là-bas et revenir avec une autre barque.

— Non, répondit François. C'est trop loin.
La marée est tellement forte, en ce moment,
que personne n'arriverait à nager contre le courant. Nous voilà dans de beaux draps!

— Si nous faisions des signaux?

— De quelle sorte? Tu agiterais une chemise
pendant des heures que tu n'attirerais l'attention de personne.

— Il faut pourtant faire quelque chose!
s'écria Mick d'une voix aiguë. Au fait, nous
trouverons peut-être ici une barque; les hommes doivent en posséder une pour leurs allées
et venues!

— Tu as raison! Où ai-je la tête? Dès qu'il
fera noir, nous explorerons l'île. Les deux individus s'approvisionnent sans doute sur le continent; ils disposent sûrement de deux ou trois
bateaux.»

A cet instant, Annie et Claude s'approchè-
rent, accompagnées de Dago qui geignait.

«Il ne semble pas beaucoup aimer l'île aux
Quatre-Vents, constata Claude. Je suppose qu'il
sent le danger.

— Il y a de quoi! fit Mick en posant la main
sur le museau du chien. Je suis bien content
qu'il soit avec nous. Les filles, pouvez-vous proposer une solution? Nous, nous n'en sommes
pas capables...

— Faisons des signaux, proposa Claude.

— D'ici, on ne les verrait pas, répondit Mick.
Nous y avons déjà pensé.

— Ce soir, quand la mer se sera retirée,
pourquoi n'allumerions-nous pas un grand feu
sur la plage? dit Annie. On le remarquerait
sûrement!»

François et Mick se dévisagèrent.

«En effet, approuva François. Ce serait encore mieux de le faire flamber sur une hauteur; par exemple là-bas, sur la falaise.

— Mais il risquera d'alerter les hommes de l'île, observa Mick.

— Tant pis! répliqua François. C'est notre seule chance. Tu as de bonnes idées, Annie!... Dites donc, nous allons avoir faim : y a-t-il quelque chose à manger?

— Je possède deux barres de chocolat, annonça Claude en plongeant la main dans la poche de son short. Il est un peu ramolli.

— Voilà cinq ou six bonbons, ajouta Annie. Et vous, les garçons? Mick, tu ne sors jamais sans sucre d'orge; ne me dis pas qu'aujourd'hui tu n'en as pas!

— Tiens, regarde, un paquet neuf! rétorqua Mick, prenons-en chacun un bâton.»

Bientôt, tous suçaient les sucres d'orge devenus plat de résistance. Le chien, qui bénéficia de la distribution, avala sa part en un éclair.

«Dommage de t'en donner, Dago, dit Annie, vraiment dommage! Cric-crac, c'est fini! Tu ne te rends donc pas compte de ce que c'est! Les chiens ne savent pas apprécier les bonbons comme nous. Non, Dago, ne va pas renifler la poche de Mick : tu n'en n'auras plus!»

Déçu, Dagobert parcourut la plage à petits pas. Il flaira la trace d'un lapin et, alléché, la suivit dans le bois, nez au sol. Sans remarquer son départ, les naufragés continuaient de discuter, essayant de trouver une issue à leur situation critique : pas de bateau, pas de nourriture, un moyen bien précaire de demander du secours... La position n'avait rien d'enviable, songeait Mick.

Soudain, un bruit sec claqua à leurs oreilles : *Pan!* Filles et garçons sursautèrent.

«C'est un coup de feu! affirma Mick. Les gardes! Sur qui tirent-ils?

— Où est Dago? s'exclama Claude en jetant un regard circulaire. Dago, Dago, viens ici! Dago!»

La gorge des enfants se serra. Dago!... Non, la balle n'était sûrement pas destinée au bon chien! Les gardes ne se seraient pas souciés d'un animal!

Presque folle d'angoisse, Claude, dont les joues se mouillaient de larmes, agrippa le bras de Mick.

«Mick, on n'a pas blessé Dago, n'est-ce pas? Dago, où es-tu? Dago!

— Chut! Ecoute un peu, Claude, fit Mick alors que des cris s'élevaient au loin. J'ai cru entendre gémir Dago. C'est peut-être lui qui court dans les buissons!»

Ils perçurent un froissement, comme si quelqu'un foulait les feuilles mortes des fougères. Très vite, Dago montra le bout du nez, cherchant sa maîtresse de ses yeux brillants.

«Mon Dago, mon vieux Dago! s'écria Claude en embrassant le grand chien. Que j'ai eu peur! Ont-ils tiré sur toi? Est-ce que tu es blessé?

— Je m'explique pourquoi on l'a visé, lança Mick. Regardez ce qu'il apporte : la moitié d'un jambon! Lâche-le, voleur!»

Tout frétillant, la viande entre les dents, Dago quêtait un geste d'approbation. Affamé et persuadé que ses amis l'étaient aussi, il avait décidé de se mettre en chasse.

«Méchant, où as-tu pris cela?» demanda François.

S'il avait su parler, Dago lui aurait répondu : «Je suivais la trace d'un lapin, lorsque je suis arrivé dans un hangar plein de boîtes de conserves. Sur une assiette, j'ai vu un jambon qui m'attendait...»

Le jambon tomba aux pieds de Claude. Il paraissait fort appétissant.

«Merci quand même, dit François. Nous nous en arrangerons bien. Pourtant, si nous rencontrons le propriétaire, quel qu'il soit, nous le rembourserons!

— François, Dago a été touché! fit Claude d'une voix tremblante. Regarde : il lui manque une touffe de poils à la queue, et il saigne.

— C'est ma foi vrai! s'écria François en examinant le chien. Sapristi, ces hommes ne plaisantent pas! Je pense que nous devrions aller les trouver pour leur apprendre que nous sommes là ; je ne tiens vraiment pas à ce que nous leur servions de cibles.

— Allons-y tous ensemble, décida Mick. Ils s'imaginaient sans doute que Dago n'était qu'un renard qui se sauvait sous les arbres. Pauvre Dago!»

L'incident ne semblait pas affecter Dago. Fier de fournir un dîner à ses compagnons, il agitait même avec entrain son panache endolori!

«Il est certain que maintenant, sur cette île, ni les oiseaux ni les autres animaux ne sont plus apprivoisés, remarqua Annie. Les coups de fusil qui partent à tort et à travers les auront effrayés et rendus de nouveau sauvages.

— Oui, approuva François. J'ai l'impression qu'il ne s'agit plus de simples gardes-chasse qui éloignent les curieux pour permettre aux bêtes de vivre en liberté, mais de gardes véritables, féroces, semblables aux personnages que nous avons aperçus dans la cour du château.

— Alors, qu'est-ce qu'ils surveillent? s'enquit Claude.

— C'est ce que j'aimerais bien savoir, répondit François. J'ai l'intention de partir en reconnaissance — pas maintenant, quand il fera nuit!

— Quelle idée de venir ici! déplora Annie. Nous nous amuserions dans la chaumière avec Edmond. Je me demande s'il a récupéré son pipeau... Il me semble que nous avons emprunté

le bateau il y a très, très longtemps!

— On pourrait peut-être traverser le bois, sans bruit, pour essayer de trouver quelque chose, proposa Claude. Ou bien longer la côte en espérant découvrir un bateau. Je m'ennuie à rester là, à bavarder!

— Bon, dit François qui, lui aussi, éprouvait le besoin de se dégourdir les jambes. Dago ne manquera pas de nous signaler les dangers. On marchera en file indienne, dans le plus grand silence. Dago, passe devant. Tu nous avertiras si un garde s'approche de nous. »

Dès que les enfants se levèrent, Dagobert les regarda d'un air content.

« Je vous protégerai, promirent ses yeux vifs. N'ayez pas peur ! »

Ils s'engagèrent avec précaution entre les arbres qui bruissaient : « chut, chut, chut », murmuraient les feuilles au-dessus de leur tête, comme pour les inciter à la plus grande prudence. Cinq minutes plus tard, Dago s'arrêta net avec un grondement étouffé. Derrière lui, garçons et filles s'immobilisèrent, l'oreille tendue.

Ils n'entendirent rien. La forêt sombre, particulièrement dense à cet endroit, ne laissait pas pénétrer le soleil. Pourquoi Dago grognait-il ? Il avança une patte et, derechef, poussa un aboiement sourd.

François risqua quelques pas en avant, s'efforçant de ne pas faire le moindre bruit. Brusquement, il se figea, les yeux écarquillés. Son cœur se mit à battre à grands coups. Devant lui, une étrange forme humaine brillait dans la demi-obscurité du sous-bois. Muette, elle pointait vers lui un bras accusateur. Croyant la voir bouger, il recula, effrayé.

Ses compagnons, qui l'avaient rejoint, regardaient par-dessus son épaule d'un air épouvanté. Dago se hérissa de colère.

Chacun demeurait sur place, médusé. Annie avala sa salive en s'accrochant aux doigts de Mick. Soudain, Claude émit un petit rire inattendu. A la stupéfaction de ses cousins, elle courut vers la silhouette étincelante et lui serra la main.

«Bonjour, dit-elle. Je suis ravie de faire la connaissance d'une statue bien élevée!»

Ainsi, ce n'était qu'une statue! Elle paraissait si réelle et, en même temps, si immatérielle... De gros soupirs de soulagement s'exhalèrent. Quant à Dago, il s'élança vers la statue pour prendre contact avec l'odeur de ses vêtements drapés.

«Regardez autour de vous! s'écria François. Ce coin est plein de statues; comme elles sont belles! On dirait qu'elles vont s'animer... Pourvu que cela ne se produise pas!»

# Chapitre 11

# Une découverte passionnante

Ebahis à la vue de tant de statues qui tranchaient par leur blancheur sur la pénombre de la forêt, les enfants, en les contemplant les unes après les autres, avançaient sans s'en rendre compte. Bientôt, ils aperçurent, au milieu d'une clairière, un hangar spacieux. Ils jetèrent un coup d'œil circonspect à l'intérieur. Personne ne s'y trouvait.

«Dites donc! s'écria Mick. Regardez, des grands coffres en fer! Voyons un peu ce que contiennent ces deux-là.»

Dans le premier coffre, une ravissante sculpture qui représentait un garçon reposait, enfouie dans une sorte de sciure. Le second semblait empli de copeaux de bois. Pourtant, quand Annie en eut gratté et soulevé une grande partie, ses efforts furent récompensés.

«C'est un petit ange de pierre! s'exclamat-elle en dégageant une tête aux traits étranges, surmontée d'une couronne minuscule, et deux ailes mignonnes. Qu'il est beau !... Pourquoi les statuettes sont-elles rangées ainsi ?

— Réfléchis un peu, répliqua Mick. Ce sont des œuvres d'art, sans doute très anciennes. On les a emballées pour les expédier en bateau dans un pays où elles pourront atteindre un bon prix.

— Crois-tu qu'elles proviennent du vieux château ? demanda Claude. Il n'est pas loin ; je suppose que ce bâtiment en est une dépendance... Comment se fait-il que les gendarmes ne les aient pas découvertes au moment de leur inspection ? Ils ont pourtant dû perquisitionner partout !... Au fait, pourquoi les statues de la forêt ne sont-elles pas dans des caisses, elles aussi ?

— Elles sont sûrement trop grandes et trop lourdes, expliqua François. Un bateau moyen ne serait pas assez robuste pour les embarquer. En revanche, on peut transporter ces objets-ci avec facilité parce qu'ils sont beaucoup plus légers ; de plus, comme ils ont dû rester à l'abri de la pluie, du soleil et du vent, aucune trace d'intempéries ne les marque. Ils sont en parfait état.

— Tu as raison, dit Annie. J'ai vu que les autres statues portaient plusieurs taches vertes ;

sur certaines, j'ai aussi remarqué que des morceaux manquaient... Je voudrais bien entrer dans le château pour admirer les trésors!

— Le fermier nous avait parlé de statues blanches comme neige qui ornaient la forêt, vous rappelez-vous? dit Mick.

— Oui, répondit François. Elles y séjournent depuis longtemps. Je pense qu'elles ne sont pas très précieuses, sinon on aurait pris soin de les mettre à l'abri, dans un endroit couvert. Mais je parie que les merveilles, dans ce hangar, valent une fortune!

— Qui les a placées ici? As-tu une idée? demanda Annie.

— Il s'agit peut-être des individus à l'air si féroce, observa François. Même pour des statuettes comme celles-ci, il faut des hommes d'une force peu commune pour arriver à les amener jusqu'au hangar, puis à les emballer de cette façon. Par la suite, une barque les transportera sans doute à bord d'un bateau qui attend en haute mer... A mon avis, il y a quelqu'un qui commande ces deux hommes, un chef aux connaissances artistiques étendues. Après avoir appris la légende de l'île aux Quatre-Vents, il a voulu vérifier son exactitude. Je pense qu'il a fait bien des découvertes intéressantes!

— Où? s'enquit Claude. Dans le château?

— Sûrement. Au fond de cachettes choisies avec soin. Il est possible que beaucoup de trésors anciens, de grande valeur, restent encore dissimulés ici: l'épée à la poignée garnie de pierres précieuses, par exemple! Et le lit en or, et...

— Dire qu'ils sont sur l'île, non loin de nous!

soupira Annie d'une voix rêveuse. Comme j'aimerais pouvoir raconter que j'ai dormi dans un lit d'or massif!

— Ce doit être assez dur!» remarqua Mick d'un ton moqueur.

Dago interrompit la conversation d'un aboiement bref, ses yeux suppliants levés vers Claude.

«Qu'est-ce que tu as? interrogea-t-elle, inquiète.

— Je crois qu'il a faim, fit Annie.

— Il a plutôt soif, observa François. Voyez sa langue qui pend!

— Mon pauvre Dago! s'écria Claude. Tu n'as rien bu depuis des heures. Où donc pourrions-nous trouver de l'eau? Il faudra te contenter d'une flaque, j'en ai peur. Sortons maintenant!»

Quittant le bâtiment où reposaient, dans leur sciure, les statuettes finement sculptées, les enfants clignèrent des yeux au soleil. En examinant la terre sèche, François se sentit soucieux.

«Bientôt, nous tirerons tous la langue comme Dago. Je me demande comment découvrir de l'eau!

— En nous approchant du château, nous trouverons peut-être un robinet fixé à l'extérieur du mur, dit Claude, prête à affronter les pires dangers pour permettre à son chien de se désaltérer.

— Non! fit François, catégorique. Nous ne nous risquerons pas au voisinage des hommes armés. On leur a peut-être ordonné de tirer à vue.

— Regardez! dit soudain Mick en montrant du doigt un point situé derrière le hangar. A quoi sert ce petit mur circulaire, là-bas?»

Tandis que chacun se dirigeait vers l'endroit en question, Annie devina sans effort de quoi il s'agissait.

«Je parie que c'est un vieux puits! s'écria-t-elle. J'aperçois la poulie qu'on utilise pour tirer de l'eau. Au fait, pourvu qu'il y ait un seau! Nous n'aurons alors qu'à le remplir et Dago se régalera!»

Dagobert bondit et posa ses pattes de devant sur le rebord du puits, les narines dilatées. De l'eau : son plus cher désir! Il se mit à japper.

«Du calme, Dago! ordonna Claude, essoufflée. Quelle chance! Le seau se trouve encore sur son crochet; on va le faire descendre... François, la manivelle est tellement dure que je n'arrive pas à la tourner.»

François pesa de toutes ses forces, libérant d'un coup violent la corde qui se déroula si brusquement que le seau se décrocha. Heurtant à grand bruit la paroi, il tomba jusqu'au fond du puits. Un bruit d'éclaboussement salua sa chute dans l'eau.

Dagobert poussa une plainte.

«Zut! grommela François en observant le seau perdu, maintenant couché, qui commençait à se remplir. Il va bientôt couler... Y a-t-il une échelle? Dans ce cas, j'irais le chercher!»

Mais il n'y en avait pas. Seuls demeuraient, scellés dans la maçonnerie, quelques crampons qui indiquaient qu'en des temps assez lointains un moyen d'accès intérieur avait été prévu.

«Que pouvons-nous faire? demanda Annie. Est-il possible de rattraper le seau?

— Je ne crois pas, répondit Mick. Oh! J'ai une idée. Je vais descendre le long de la corde et je prendrai le seau! Puis je remonterai sans difficulté parce que François et Claude me hisseront en tournant la manivelle!

— Bonne idée! approuva son frère. Vas-y! La corde est solide, en bon état; elle ne porte pas trace d'effilochure.»

Une fois assis sur la margelle, Mick agrippa la corde. Il se lança, les pieds dans le vide, et oscilla un instant en regardant sous lui le gouffre sombre et profond où gisait la nappe d'eau. Puis, ainsi qu'il l'avait fait bien souvent à l'école, au cours de gymnastique, il laissa filer la corde entre ses pieds, tandis que ses mains se posaient alternativement l'une au-dessous de l'autre. Quand il parvint en bas, il saisit l'anse du seau qui achevait de se remplir. L'eau lui sembla glacée.

«Allez-y! cria-t-il. Tirez-moi!»

Sa voix sonna creux dans le tunnel vertical. En dépit des efforts conjugués de François et de Claude, l'ascension ne fut pas rapide. Petit à petit, cependant, Mick approchait de l'orifice lumineux.

A mi-hauteur, ses compagnons l'entendirent

pousser une exclamation et lancer quelques mots à leur adresse ; ils n'en saisirent pas le sens et continuèrent d'enrouler la corde, lentement mais sûrement.

Dès que les épaules de Mick atteignirent la margelle, son frère se pencha, empoignant le seau. Ravi, Dago se précipita dessus et se mit à laper le liquide avec ardeur.

« Ne vous êtes-vous donc pas rendu compte que je vous criais d'arrêter ? fit Mick, encore suspendu à la corde. Ne lâchez pas la manivelle : tenez bon une minute !

— Qu'est-ce qui se passe ? demanda François, surpris. Pourquoi as-tu appelé ? Je ne comprenais pas ce que tu disais. »

Mick se jeta de côté, s'assura une prise sur le rebord du puits, se hissa et, enfin, s'installa à califourchon sur la margelle.

« J'ai aperçu quelque chose de vraiment bizarre, répondit-il, et je voulais m'arrêter pour distinguer ce que c'était.

— Alors ? questionna François avec curiosité. Qu'as-tu vu ?

— Je ne sais pas exactement. On dirait une porte, une porte en fer... Hé ! là, ne laissez pas Dago avaler toute l'eau : il en tomberait malade ! Nous allons redescendre le seau pour pouvoir boire aussi.

— Continue ton histoire, réclama Claude. Pour quelle raison y aurait-il une porte à l'intérieur d'un puits qui s'enfonce dans la terre ?

— Pourtant, je te répète qu'elle existe ! reprit Mick. Regardez, Dago vient de renverser le seau ! Je vais le remplir comme tout à l'heure mais, cette fois, à la remontée, quand je vous crierai : "Stop", arrêtez de tourner ! »

« — Voilà le seau accroché, annonça François. Tu es prêt ? »

Mick et le seau s'enfoncèrent. Puis, de nouveau, François et Claude tournèrent la manivelle. Au signal de Mick, ils immobilisèrent la corde.

Penchés sur la margelle, ils observèrent Mick qui examinait la paroi et tâtonnait du bout des doigts.

« Remontez-moi ! » fit-il enfin d'une voix sonore.

Lorsqu'il revint, fatigué, il se laissa tomber à terre, près des autres enfants.

« J'avais raison, dit-il. J'ai vu une sorte de panneau dans le mur... et c'est bien une porte ! J'ai essayé de l'ouvrir, mais le loquet est tellement dur que je n'ai pas réussi à le soulever avec la main. Il faudrait que je retourne le forcer à l'aide de mon canif.

— Une porte dans un puits ! s'écria François, stupéfait. Où donc peut-elle conduire ?

— On le découvrira, avança Mick, plutôt content de lui. Quelle idée de poser une porte à cet endroit ! Pourtant, quelqu'un l'a fait ; pourquoi ? C'est ingénieux, mystérieux... et presque impossible à deviner ! J'ai envie d'aller voir tout de suite si je parviens à la débloquer.

— Oh ! oui, Mick ! s'exclama Claude. Si tu ne descends pas, j'y vais !

— Accrochez-vous à la manivelle. J'attrape la corde ! » décida Mick.

Et il reprit le chemin du fond, au grand étonnement de Dagobert. Annie, François et Claude, animés, se perdaient en suppositions. Mick arriverait-il à pousser la porte du puits ? Que dissimulait-elle ?... Vite, Mick, dépêche-toi ! Tes compagnons grillent de curiosité.

# Chapitre 12

# De découvertes
# en péripéties

Dès que Mick cria :
« Arrêtez! » François et
Claude se cramponnèrent à la
manivelle pour empêcher le
filin de se dérouler davantage.
S'agrippant d'une main, coinçant la corde entre
ses pieds, Mick, qui se tenait suspendu devant
la porte mystérieuse, se mit à y promener les
doigts et à la secouer à petits coups. Il ne vit pas
de serrure. En apparence, seul le loquet assu-
rait la fermeture de la porte. Alors que le garçon essayait de le forcer, l'objet céda et tomba
au fond du puits. La rouille l'avait si bien rongé
qu'une secousse avait suffi pour l'arracher à
la paroi.

Débarrassé de l'obstacle principal, Mick parvint à ébranler la porte, mais sans plus. Quand,
impatienté, il la frappa du poing, des écailles
roussâtres se détachèrent; son bras en fut vite
recouvert.

Après maints tâtonnements, il sentit sous sa
main une sorte de petit verrou qu'il réussit, non

sans peine, à débloquer. La porte commençait à jouer.

Le garçon, encouragé, gratta le pourtour du panneau à l'aide de son couteau. Puis il choisit la lame la plus solide de son canif, l'enfonça entre le mur et la porte et appuya dessus comme sur un levier.

Enfin, la porte s'ouvrit lentement, péniblement, faisant entendre craquements et grincements. Presque carrée, elle était haute d'une soixantaine de centimètres et un peu moins large.

Mick, le cœur battant, passa la tête dans l'ouverture.

Quelle déception! L'obscurité complète ne lui permit pas de distinguer quoi que ce soit. Il fouilla dans sa poche, espérant y avoir placé sa lampe électrique. Elle s'y trouvait! La main tremblante d'émotion, il lança le jet de lumière dans l'ombre. Qu'allait-il découvrir?

La lueur, assez faible, dévoila un visage aux yeux étincelants. Mick éprouva un tel choc qu'il faillit lâcher la corde. La figure semblait fixer sur lui un regard menaçant... Il dirigea sa torche à droite; une autre face apparut.

«Drôles de figures, pensa Mick. Elles sont toutes jaunes. Jaunes!... Ma parole, elles sont en or!»

Où qu'il promenât le faisceau lumineux, le garçon ébahi ne découvrait que corps et têtes d'or, aux yeux étrangement luisants.

«Je crois... Oui, je crois vraiment, que j'ai trouvé la cachette des statues en or. Les yeux doivent être des pierres précieuses. Quelle peur j'ai eue en les apercevant! Je me demande ce qu'est cet endroit.»

«Mick, vois-tu quelque chose?» demanda François d'une voix retentissante.

Ces cris troublèrent tant le pauvre garçon plongé dans ses réflexions que, de nouveau, il manqua tomber.

«Hissez-moi! s'exclama-t-il. C'est extraordinaire! Je vous raconterai quand j'arriverai en haut.»

Deux minutes plus tard, il s'asseyait auprès des autres enfants. Ses yeux brillaient presque du même éclat que ceux des statues; les paroles se bousculaient sur ses lèvres.

«La porte conduit à la cachette des trésors, annonça-t-il. J'ai d'abord aperçu une tête jaune qui me regardait d'un air effrayant... Une tête en or! Vous savez, il y a là des quantités de statues en or. D'après leur expression, elles n'avaient pas l'air de me trouver sympathique... Quel endroit bizarre pour les dissimuler!

— Il existe sûrement une autre entrée, remarqua François que ce récit passionnant enthousiasmait. La porte du puits doit être secrète. On n'a pas pu introduire les statues par ce chemin... Ça, c'est une découverte, Mick!

— Si nous descendions chacun à notre tour pour les voir? proposa Claude. Je n'arrive pas à y croire : j'ai l'impression de rêver. Vite, je commence!»

L'un suivant l'autre, Claude, François et Annie allèrent contempler les œuvres d'art. Face aux statues qui fixaient sur elle leur regard impassible, Annie éprouva un sentiment étrange. Elle remonta assez effrayée.

«Je sais bien qu'en réalité elles sont inanimées, dit-elle, que leurs yeux sont des pierres précieuses, mais je n'aurais pas été étonnée si l'une d'elles s'était mise à marcher!

— En tout cas, je me demande par où on les a fait passer, déclara François d'un ton dubitatif. Il faudra que nous traversions la salle souterraine qui s'ouvre certainement à une autre extrémité. C'est une cachette sensationnelle! Je m'explique maintenant pourquoi les gendarmes n'ont découvert aucun trésor.

— Nous trouverons peut-être l'épée à la poignée ciselée! s'écria Annie. Et le lit en or!»

Soudain, un bruit assourdissant s'éleva derrière les enfants. Dago aboyait à tue-tête. Qu'arrivait-il?

«Chut! fit Annie. Arrête, tu vas alerter les gardes!»

Si le chien cessa son vacarme, il se mit cependant à pousser de petits cris étouffés. Brusquement, il bondit dans le bois en agitant gaiement la queue.

«Vers qui peut-il courir ainsi? demanda Claude, stupéfaite. Ce doit être quelqu'un qu'il connaît.»

Les enfants s'élancèrent derrière Dago en direction de la plage où ils avaient accosté... et perdu leur bateau. En atteignant la crique, ils virent une barque! Elle était petite, mais c'était quand même une embarcation. Près d'elle, un garçon caressait Dago : Edmond!

«Edmond! A qui est ce bateau? Es-tu seul? Est-ce que...»

Aux questions qui le harcelaient, Edmond sourit, ravi de la surprise manifestée par chacun. Le chien lui donnait sans discontinuer des coups de langue vigoureux que Claude ne semblait pas remarquer.

«Comme vous ne reveniez pas, je me suis douté que vous aviez des difficultés, déclara-t-il. Je connais le pêcheur qui vous a prêté sa barque; je l'ai rencontré par hasard et il m'a appris qu'elle flottait, vide, non loin de l'île. Alors, j'ai deviné ce qui s'était passé. Je me suis dit : "Ils n'ont pas amarré le bateau et les voilà maintenant isolés là-bas!"... Tout de même, vous auriez pu m'attendre pour partir! J'ai pourtant pensé que vous seriez contents de me voir.»

Annie éprouva un tel soulagement qu'elle embrassa le petit garçon.

«Chic! s'écria-t-elle. Nous pourrons nous en aller dès que nous le voudrons.

— Mais nous ne le voulons pas en ce moment, répliqua Mick. Edmond, on a découvert quelque chose de sensationnel. Attends que je te raconte! Euh... Qu'y a-t-il dans ta poche? Je vois une tête qui dépasse!

— C'est un petit hérisson, répondit Edmond

en le sortant avec précaution. Comme il s'est fait à moitié écraser, sans doute par un cheval, je vais m'en occuper pendant un ou deux jours.»

Il remit la bête dans son nid de fortune.

«Au fait, reprit-il, continue, Mick, dis-moi ce que vous avez trouvé. Sûrement pas les trésors, tout de même!

— Si! s'écria Annie. C'est en descendant dans un puits, près du château, que nous les avons aperçus.

— Ça alors! fit Edmond d'un ton stupéfait. Est-ce qu'on les a jetés dans l'eau?

— Mais non!» répondit Mick en riant.

Il rapporta à son ami comment il avait remarqué la curieuse porte encastrée dans le mur. Edmond écarquilla les yeux.

«Heureusement que j'ai décidé de vous rejoindre! s'exclama-t-il. J'aurais manqué tout cela... J'hésitais à venir : je me demandais si vous voudriez de moi et je pensais que Claude ne serait pas contente à cause de Dago. Je ne peux pas l'empêcher de courir vers moi et, si je le repoussais, il serait vexé.»

Comprenant qu'on parlait de lui, Dagobert se mit à tourner autour d'Edmond. Il tenait entre les dents la balle qu'il avait extraite de la poche de Claude, au grand amusement de celle-ci. Le chien voulait jouer avec Edmond qui, captivé par le récit qu'il venait d'entendre, se contenta de lui tapoter le museau et reprit la conversation.

«Bien sûr, le pêcheur était plutôt furieux : la barque qu'il vous avait prêtée se trouvait perdue en mer! C'est son cousin qui, en revenant du large, a reconnu le bateau à la dérive et l'a remorqué. Il n'y a pas de dégât.

— Il faudra nous excuser auprès de lui, décida François, confus. Je ne savais pas qu'ici les vagues étaient tellement fortes qu'elles pouvaient emporter une embarcation mise au sec sur le sable!

— Si vous m'aviez emmené, je vous l'aurais dit», répliqua Edmond avec un sourire malicieux.

Fatigué d'attendre la bonne volonté d'Edmond, Dago s'adressa à Claude qui ne fut que trop ravie de lui lancer la balle. Tout frétillant, le chien sauta et l'attrapa. Soudain, il fit entendre un bruit inquiétant; il se roula à terre, les pattes agitées de tremblements convulsifs.

«Qu'est-ce que tu as?» cria Claude en s'élançant vers lui, suivie d'Edmond.

Le chien suffoquait, les yeux agrandis de frayeur.

«La balle s'est enfoncée dans sa gorge! s'exclama Edmond. Je t'avais avertie que c'était dangereux... Tousse pour la faire sortir, Dago! Mon pauvre Dago!»

Le garçon était fou de peur à l'idée que Dago pourrait s'étouffer. Quant à Claude, elle tremblait d'angoisse. Dago tentait en vain de se débarrasser de la balle; sa terreur augmentait.

«François, ordonna Edmond, ouvre sa gueule et tiens-la bien. Il faut que j'essaie de saisir la balle. Vite!»

Comme Dago devenait de plus en plus faible, il ne fut pas difficile de maintenir ses mâchoires écartées. Edmond aperçut la petite sphère percée d'un trou. S'efforçant au calme, il introduisit ses doigts au fond de la gorge du chien. Bientôt, il retira doucement sa main, et la balle apparut au bout de son index planté dans l'orifice providentiel.

Dagobert reprit son souffle pendant que Claude le cajolait en poussant des cris de joie.

«Jamais je n'aurais dû te donner cette balle, jamais! répétait-elle. Elle est trop petite pour toi... Oh! Dago, que j'ai eu peur!»

Edmond s'élança vers la mer. Il revint vite, son mouchoir trempé à la main, et aspergea le museau du chien qui, en sentant sur sa langue le goût du sel, fit une sorte de grimace. «Quel dommage, pensa Claude, de n'avoir pas emporté le seau plein d'eau du puits!» Le visage encore pâle d'émotion, elle observait sans mot dire Edmond qui s'affairait. Grâce à lui, Dago était sain et sauf!

«Merci, Edmond, dit-elle à voix basse. Tu as fait ce qu'il fallait faire.

— Heureusement que la balle avait un trou!» répondit Edmond en entourant de ses bras le cou de Dago qui lui lécha la figure avec reconnaissance.

Puis le chien se tourna et donna quelques coups de langue à Claude.

«Il dit que maintenant il est à nous deux! s'écria celle-ci. Tu lui as sauvé la vie...

— Merci, dit Edmond. Je suis content de posséder même une petite part de Dago. C'est le chien le plus formidable que je connaisse!»

# Chapitre 13

# Edmond disparaît

« J'ai faim, maintenant! annonça Claude dont l'appétit ne semblait jamais se démentir. Le jambon est terminé. Dago en a mangé un bon morceau; il le méritait bien! Reste-t-il des sucres d'orge, Mick?

— Oui, j'en ai encore dix, ce qui fait deux chacun, répondit Mick après avoir compté les bâtons. Mon vieux Dago, tu n'en auras pas cette fois.

— J'ai oublié de vous dire, déclara Edmond en se servant, que j'ai embarqué des provisions. Je me suis bien douté que vous n'y auriez pas pensé!

— Edmond, tu es remarquable, proclama gravement François en s'interrogeant sur les raisons qui l'avaient poussé, au début, à trouver ce garçon détestable. Qu'est-ce que tu as apporté?

— Viens voir!» répliqua Edmond.

Tous se dirigèrent vers le bateau, Dago collé aux talons d'Edmond. Ils aperçurent, pêle-mêle dans la barque, des tomates, une grosse miche de pain, une quantité de boîtes de sardines et de thon, des bananes, un paquet de beurre ramolli, et d'autres victuailles plus alléchantes les unes que les autres.

«Mon Dieu! s'écria Annie, ravie. Comment donc as-tu fait pour les transporter de la chaumière au bateau? Regardez, Edmond a même pris des fourchettes et des cuillers.

— J'ai tout mis dans un sac, je l'ai lancé sur mon épaule, et en avant! fit Edmond, très fier de l'agréable surprise qu'il causait à ses amis. Mais je suis tombé dans la côte qui conduit à la plage : si vous aviez vu la dégringolade des boîtes de conserves jusque sur le sable!»

Les enfants éclatèrent de rire à cette évocation. Annie saisit la main d'Edmond qu'elle serra dans un élan d'affection.

«Tu t'es vraiment bien débrouillé!» dit-elle d'un ton admiratif.

Rayonnant, Edmond lui sourit, heureux et pourtant un peu étonné de la chaude amitié que ses compagnons lui témoignaient. Comme pour les rappeler à l'ordre, Dago flaira le pain en aboyant.

«Naturellement, Dago, tu as raison! s'écria Edmond. Nous allons manger.

— As-tu un ouvre-boîtes? interrogea Claude.

— Misère! Je n'y ai pas pensé! Quel âne je fais!

— Ne t'inquiète pas, dit Mick. Sur mon canif, il y a une sorte de lame qui doit, en principe, nous rendre ce service. Je n'ai pas encore eu l'occasion de m'en servir; espérons qu'elle marche! Edmond, passe-moi une boîte.»

Le garçon lui lança une boîte de thon. Sous le regard attentif de ses compagnons, y compris de Dagobert, Mick choisit un petit outil, en enfonça la pointe dans le couvercle métallique que, quelques secondes après, il souleva d'un air triomphant.

«Bravo pour l'inventeur du canif! s'écria-t-il en humant l'odeur du poisson.

— Est-ce que Dago va pouvoir avaler quelque chose? demanda Claude, inquiète. Sa gorge lui fait peut-être mal.

— Dago s'en rendra bien compte lui-même, répliqua François. Tel que je le connais, rien ne l'empêchera d'engloutir ce qu'on lui donnera, pas même une gorge douloureuse!»

François ne se trompait pas. Lorsque Dago reçut sa part de pain tartiné de thon et de sar-

dines, il la fit disparaître aussi vite que d'habitude.

« Nous n'avons pas besoin de ménager nos provisions, remarqua Claude, puisque nous pourrons partir dans le bateau d'Edmond dès que nous le voudrons.

— Je n'ai jamais aussi bien mangé, déclara Mick. Quel plaisir de dîner en plein air, au bord de la mer, et en bonne compagnie! acheva-t-il en riant.

— Ouah! fit Dago.

— Je traduis, annonça gaiement Annie : il est d'accord avec toi.

— Le soleil descend, observa Claude. Que faisons-nous? Retournons-nous à la maison ou passons-nous la nuit sur l'île?

— Nous restons ici, décida François. Comme les gardes ne soupçonnent pas notre présence, j'ai envie de partir en exploration quand il fera noir. J'aimerais connaître la réponse à une foule de questions que je me pose. Par exemple, comment s'arrangent-ils pour expédier de l'île aux Quatre-Vents les statues emballées? Je suppose qu'un navire assez important va venir les chercher. Je voudrais aussi savoir combien de personnes demeurent dans l'île ; en plus des gardes armés de fusils que nous avons aperçus, je pense qu'il y a d'autres hommes, ceux qui ont trouvé la grotte souterraine où sont cachés les trésors. Ensuite, nous n'aurons plus qu'à aller raconter l'histoire de nos découvertes aux gendarmes!

— Est-ce qu'Edmond ne pourrait pas conduire les filles à la chaumière, puis revenir avec la barque? demanda Mick. Ce n'est pas la peine qu'elles prennent des risques. »

Avant que François pût ouvrir la bouche, Claude répondit d'un ton vif :

«Nous restons ici — à moins qu'Annie ne préfère s'en aller. En tout cas, moi je reste avec Dago et vous, les garçons. Voilà!

— Très bien, très bien, ce n'est pas la peine de crier, répliqua Mick en faisant semblant de se boucher les oreilles. Et toi, Annie? Tu es petite et...

— J'y suis, j'y reste! déclara Annie d'un air décidé. N'importe comment, je ne pourrais pas dormir de la nuit en vous sachant dans l'île. Et je n'ai pas l'intention de manquer une aventure passionnante!

— Bon, conclut François. C'est entendu.»

Assis entre Claude et Edmond qui le caressaient, lui grattaient les oreilles et lui faisaient mille câlineries en même temps, Dago se sentait le plus heureux des chiens.

«Je vais me promener, annonça soudain Edmond. Tu viens avec moi, Dago?»

C'était un appel auquel Dago ne pouvait résister. Il bondit sans hésiter; Claude le tira immédiatement en arrière.

«Non, Edmond, dit-elle. Dago a déjà reçu une balle, je ne tiens pas à ce qu'il en attrape une autre. De plus, il ne faut pas que les gardes sachent que nous sommes ici.

— Je serai très prudent, affirma Edmond. Je ne me ferai sûrement pas repérer. D'ailleurs, ils ne m'ont pas aperçu dans la barque.»

François se leva d'un mouvement brusque.

«Au fait, qu'en savons-nous? fit-il. Je n'y ai pas pensé! Ils ont peut-être une longue-vue; ils nous surveillent peut-être sans arrêt... Il est même possible qu'ils nous aient vus arriver dans notre bateau! Comme ils ne veulent pas être surpris, ils se tiennent aux aguets!

« — Je ne crois pas qu'ils soient au courant de notre présence, avança Mick. Ils auraient organisé une battue.

— Moi, je suis certain qu'ils ne m'ont pas vu! s'écria Edmond. Sinon, je serais déjà prisonnier.»

Il promena autour de lui un coup d'œil satisfait.

«Bon, reprit-il, je vais faire un tour.

— Il n'en est pas question! s'exclama François en s'allongeant sur le sable chaud. Tu ne bougeras pas d'ici.»

Bien que sur son déclin, le soleil dardait encore des rayons ardents. Mick songeait à la nuit qui suivrait et à la façon dont il s'y prendrait, avec François, pour s'introduire dans la grotte souterraine qui enfermait les statues d'or, immobiles dans l'obscurité.

Bientôt, il s'endormit d'un sommeil profond dont il ne fut tiré que par une bourrade affectueuse d'Annie. Il se mit à bavarder à bâtons rompus avec sa sœur. Au bout d'un moment, la fillette regarda de tous côtés.

«Où est donc Edmond?» demanda-t-elle.

François et Claude, qui venaient de se réveiller, se montrèrent stupéfaits. Edmond avait disparu!

«Il a dû s'échapper sans bruit, remarqua Mick d'un air furieux. C'est ridicule! Il y a peut-être longtemps qu'il est parti. Il va sûrement se faire prendre! Heureusement que Dago est resté, on aurait pu tirer sur lui!»

Effrayée, Claude entoura son chien de ses bras.

«Dago ne se sauvera jamais avec Edmond si je ne l'accompagne pas, affirma-t-elle. Quel

entêté!... Dites donc, les gardes devineront qu'Edmond ne se trouve pas tout seul dans l'île. Ils pourront même le forcer à raconter ce qu'il sait, sur nous, sur la barque...

— Que faut-il faire? interrogea Annie, inquiète. Nous devrions essayer de le rejoindre.

— Dago suivra sa trace, dit Claude. Viens, Dago, Cherche, cherche le vilain, le désobéissant Edmond!»

Le chien comprit immédiatement ce qu'on attendait de lui. Le nez à terre, il reconnut l'odeur du petit garçon et se mit à trotter.

«Pas trop vite, Dago!» recommanda Claude.

Il ralentit aussitôt. Claude se retourna vers l'endroit que les enfants venaient de quitter.

«Si nous emportions quelques fruits et quelques boîtes de conserves? proposa-t-elle.

— C'est une bonne idée, approuva François. On ne sait jamais!»

Mick et son frère gonflèrent les poches de leurs shorts de provisions. Cet Edmond, tout de même!

«Il a dû partir par là, indiqua Mick en voyant la direction que prenait Dagobert. Je ne me doutais vraiment pas qu'il oserait s'en aller. C'est étonnant que Dago n'ait pas bougé... Va, Dago, cherche-le!

— Ecoutez! fit soudain Annie en s'arrêtant. Ecoutez!»

Chacun tendit l'oreille. Ce qu'ils entendirent ne leur plut pas, mais pas du tout! Ils reconnaissaient la voix d'Edmond qui criait d'un ton terrifié :

«Lâchez-moi, lâchez-moi!»

Une voix d'homme, sévère, menaçante, s'éleva alors :

«Qui es-tu? Où sont les autres? Tu n'es pas seul, j'en mettrais la main au feu!»

«Vite, cachons-nous! chuchota François, effrayé. Mick, tâche de trouver un buisson épais.

— Ça ne servira à rien, répondit Mick. Ils examineront tous les fourrés. Nous ferions mieux de grimper sur un arbre.

— Tu as raison, approuva son frère. Annie, viens avec moi, je t'aiderai à monter. Dépêchons-nous!»

# Chapitre 14

# Encore des émotions!

«Et Dago?
interrogea Claude,
inquiète. Il ne
peut pas grimper
aux arbres.

— Conduis-le
sous un buisson
et dis-lui de rester couché,
ordonna François d'un ton pres-
sant. Il sait très bien ce que cela signifie. Vas-y,
Claude, vite!»

Saisissant le chien par son collier, la fillette
l'amena à un fourré d'arbustes très dense où
elle le poussa. Surpris, il se retourna et écarta
les feuilles du nez.

«Couché, Dago! commanda Claude. Couché
et tranquille. Compris?

— Ouah!» fit doucement Dagobert.

Son museau disparut; Dago était maintenant

invisible. Ce chien intelligent comprenait toujours les ordres qu'on lui donnait.

François hissa Annie jusqu'à la première branche d'un arbre au feuillage épais.

«Monte aussi haut que tu pourras, conseilla-t-il à voix basse. Et ne bouge plus avant que je te fasse signe. N'aie pas peur. En cas de besoin, Dago nous défendra.»

Annie lui adressa un sourire un peu crispé. Contrairement à sa cousine, elle s'effrayait des risques à courir et ne tenait guère à s'y précipiter. Si elle aimait la paix, la tranquillité, ce n'était certes pas au sein du Club des Cinq qu'elle devait compter sur une existence exempte de danger!

Perchés sur de hautes branches, les enfants écoutaient la discussion qui continuait.

«Comment es-tu arrivé ici? demanda un homme.

— Sur une barque, répondit Edmond.

— Qui est avec toi? interrogea un deuxième individu.

— Personne, je suis venu tout seul, affirma Edmond sans mentir. J'aime les bêtes. Comme j'avais entendu dire que des animaux sauvages vivaient en liberté dans l'île, je voulais l'explorer.

— Tu aimes les bêtes! s'exclama quelqu'un d'un ton méprisant. Voilà une belle histoire!

— Alors, regardez ce qu'il y a dans ma poche», dit Edmond.

Sans doute montra-t-il le petit hérisson.

«Je le soigne parce qu'il s'est fait écraser par un cheval, reprit le petit garçon.

— Bon, retourne à ta barque et vite! Tout de suite, s'il te plaît! Et n'aie pas l'air si effrayé;

nous ne te ferons pas de mal. On a du travail ici et on n'a pas besoin de spectateurs, même s'il ne s'agit que d'un gosse qui se promène avec des hérissons dans sa poche!»

Sans se le faire répéter, Edmond prit ses jambes à son cou. Bientôt, il se vit perdu. Jamais il n'arriverait à retrouver les autres enfants ni la plage où l'attendait le bateau. Pourquoi donc n'avait-il pas obéi à François?... De quel côté devait-il se diriger?

Tout sens de l'orientation en déroute, ignorant s'il fallait marcher devant lui, tourner à droite ou à gauche, il sentit la panique l'envahir. Comment rejoindre ses compagnons? Il se mit à courir entre les arbres en souhaitant que Dago fût avec lui. Un instant plus tard, il s'arrêta : il s'était sûrement trompé de chemin! Il prit alors une direction différente. Non, ce n'était pas la bonne, puisqu'il ne reconnaissait rien.

Croyant percevoir des voix qui parlaient au loin, il s'immobilisa de nouveau, l'oreille aux

aguets. Entendait-il ses amis ? Ah ! Si Claude demandait à Dago de le chercher... Mais, craignant de voir le chien blessé, elle ne s'y risquerait pas ! Etaient-ce vraiment les enfants qui discutaient ou les murmures du vent créaient-ils cette illusion ? Edmond se précipita vers le bruit, plein d'espoir. Bientôt, hélas ! le son diminua. Ce n'était que la brise qui chantait dans le feuillage.

Quand il arriva à l'endroit où les bois s'abaissaient pour devenir taillis, Edmond aperçut la mer à quelque distance. Son cœur s'allégea. Une fois sur la côte, il n'aurait plus qu'à la longer pour parvenir à la plage et à la barque. Il était enfin sur la bonne voie ! Poussant un soupir de soulagement, il s'élança vers l'étendue bleue.

Après s'être frayé un chemin parmi les arbustes sauvages, il découvrit une falaise abrupte qui tombait à pic sur le sable. S'il parvenait à descendre jusqu'à cette bande étroite, il se trouverait tiré d'affaire ! Au bord de l'escarpement, il examina les saillies rocheuses : arriverait-il à s'y agripper ? Soudain, il recula, en proie à une vive frayeur. Quelle était cette rumeur étrange, terrifiante ? Il semblait qu'un géant pleurât et gémît de toute son âme. Les plaintes s'élevaient et retombaient en vagues régulières, comme si elles suivaient le rythme d'une respiration. Edmond sentit ses genoux trembler. Il paraissait pétrifié, dans l'impossibilité de bouger. Il s'assit enfin et tenta de reprendre son souffle, se bouchant les oreilles pour ne plus entendre la voix en détresse.

Tout à coup, il comprit avec soulagement qu'il s'agissait seulement du vent qui, en courant dans les falaises, engendrait ces sons bizarres.

«C'est vrai, pensa-t-il, le fermier nous avait pourtant bien dit que certaines personnes appelaient cette île "l'Ile-qui-gémit". Le vent fait vraiment un drôle de bruit!»

Il resta encore immobile un moment puis, remis de ses émotions, il revint sur ses pas et se pencha au-dessus du vide. Une surprise l'attendait.

«Il y a des gens en bas, se dit-il. Quatre hommes! Ils font sans doute partie de la bande de l'île... Il ne faut surtout pas qu'ils me voient! Qu'est-ce qu'ils fabriquent?»

Allongé sur le rocher, il examina la scène. En effet, quatre individus s'affairaient. Tandis qu'Edmond les observait, ils disparurent. Mais où? Le garçon tendit le cou pour essayer de le savoir.

«Je suppose qu'il existe des grottes, songea-t-il. C'est là qu'ils sont entrés!... J'aimerais que ce bruit de gémissements s'arrête; si cela continue, je vais me mettre aussi à pleurer!»

Pendant qu'il poursuivait son guet, des voix affaiblies montèrent bientôt vers lui. Deux hommes marchaient sur les rochers qui bordaient la plage. Ils transportaient une sorte de coffre long et profond. Il s'agissait sûrement de l'une des boîtes que les autres enfants avaient remarquées et où reposaient les précieuses petites statues enveloppées de sciure!

«Voilà comment on les fait sortir de l'île : à travers un passage souterrain dans les falaises ; ensuite, on les chargera sur une barque. Mais je ne vois pas de bateau ; il n'est peut-être pas encore là.»

Edmond ne lâchait pas du regard les hommes qui posaient, l'une après l'autre, les caisses sur une grande roche plate.

«Des petites caisses, des grosses... Ma parole, ils ne perdent pas leur temps ! songeait le garçon qui souhaitait ardemment voir ses amis auprès de lui. Je me demande ce qu'elles contiennent. Sûrement pas le lit en or : je parie qu'il est beaucoup trop important pour pouvoir être placé dans une barque. Il faudrait d'abord le démonter !... Tiens ! une autre boîte, une petite, cette fois. Sapristi, ils auront bientôt besoin d'un navire pour embarquer une telle cargaison !»

Comme s'il répondait à sa pensée, un navire apparut au loin.

«Le navire ! Je l'avais prévu. Maintenant, un canot va s'en détacher.»

Cependant, le bâtiment n'approchait pas, ne mettait aucune embarcation à la mer. Les individus disparurent.

«Ils attendent sûrement la marée, pensa Edmond. Que diront les autres quand je leur raconterai tout cela ? Ils n'arriveront pas à me croire... N'importe comment, ils ne me gronderont pas à cause de ma promenade !»

Il décida d'aller retrouver ses compagnons. En suivant la falaise, il finirait bien par découvrir leur plage ! Il se redressa, jeta un dernier coup d'œil aux caisses et... se sentit saisi par deux mains qui l'immobilisèrent. Terrifié, il n'osa pas tourner la tête pour voir son agresseur.

« Laissez-moi, laissez-moi ! » cria-t-il, empli d'effroi.

En tentant de se dégager, il aperçut Dago qui trottait vers lui et poussa un soupir de soulagement.

« Au secours, Dago ! »

Mais Dagobert n'accourut pas, ne fit pas mine de le défendre. Sans bouger, il fixait sur lui un regard étonné, alors que le pauvre garçon continuait de se battre avec rage.

Un petit rire le fit sursauter. Un rire !... Qui pouvait s'esclaffer à ses dépens ? Edmond se força à regarder derrière lui : Mick et Annie se retenaient à grand-peine de pouffer ; quant à Claude, elle était pliée en deux et laissait échapper une sorte de miaulement. Son ravisseur le libéra enfin et fit éclater sa joie. C'était François.

« Dites donc, à mon avis, ce n'est pas très amusant ! s'écria Edmond. Vous m'avez fait une peur ! Vous vous croyez malins ?

— Où es-tu allé ? demanda François d'un air sévère. Je t'avais interdit de t'éloigner, mais tu es parti !

— Oui, répondit le pauvre Edmond. Et un homme m'a fait prisonnier. Ensuite, quand il m'a lâché, j'ai couru et je me suis perdu. Je ne pouvais plus vous retrouver... En tout cas, j'ai découvert quelque chose de très, très intéressant pendant ma promenade!

— Quoi? fit aussitôt François.

— Asseyons-nous d'abord. Je ne me sens pas d'aplomb. Quelle idée de me sauter dessus de cette façon!

— N'y pense plus, dit Annie, pleine de regret à la vue du petit garçon qui semblait vraiment secoué. Et maintenant, raconte-nous ce qui s'est passé.»

Encore tremblant, Edmond s'installa sur la pierre. Il relata ses aventures aux enfants qui l'écoutaient avec une attention aiguë.

«Ainsi, le deuxième accès de la salle aux trésors se trouve sur la plage, dit François avec satisfaction. Un chemin souterrain passe dans la falaise. Je n'y aurais pas pensé. Voilà une bonne chose à savoir! Je vous propose d'aller explorer les grottes lorsqu'il n'y aura plus personne.

— Il vaudrait mieux nous y rendre à la nuit tombée, observa Edmond. Il ne faudrait pas qu'on nous remarque au moment où nous descendrons sur les rochers pour atteindre la caverne! Les hommes de la bande resteront sûrement aux aguets, maintenant qu'ils m'ont surpris dans l'île. Bien que je leur aie affirmé le contraire, ils ont peut-être deviné que je ne suis pas tout seul ici!

— Et si nous allions manger? lança Claude. Nous pourrions discuter en même temps. On dressera des plans pour cette nuit... L'aventure devient passionnante, n'est-ce pas, Dago?

— Ouah!» approuva celui-ci en se promettant, toutefois, de ne pas quitter sa maîtresse.

# Chapitre 15

# Des projets palpitants

Le repas n'empêcha pas les cinq enfants d'entretenir une conversation animée.

« Avons-nous tous une lampe électrique ? interrogea François. Je pense que, cette nuit, la pleine lune nous éclairera, mais quand nous nous trouverons dans les cavernes, nous en aurons besoin. »

Chacun brandit sa torche.

Edmond, on ne

sait pourquoi, disposait même de deux lampes qui, si elles étaient petites, n'en marchaient pas moins bien.

«Qu'est-ce que tu proposes de faire?» demanda Claude.

Dago jappa comme pour ajouter : «Vite, dis-le-nous!»

Assis entre Claude et Edmond, il semblait écouter de ses deux oreilles pointées. De temps en temps, il reniflait le petit hérisson qui paraissait fort heureux dans la poche du garçon. Pour nourrir la bête aux piquants encore tendres, Edmond s'était employé à attraper des insectes sous le regard curieux de Dagobert.

«Nous nous rendrons d'abord à la falaise, commença François, puis nous la descendrons. A mon avis, il doit exister une sorte de sentier ou d'escalier naturel pour arriver sur la plage puisqu'elle est entourée de rochers sur trois côtés : c'est d'ailleurs une crique... Naturellement, je passerai devant. Annie et Edmond marcheront entre Mick et moi ; Claude et Dago suivront.

— C'est d'accord! s'écrièrent les autres membres de l'expédition avec enthousiasme.

— Il faudra nous déplacer aussi silencieusement que possible, reprit François. Essayez de ne pas faire rouler les cailloux, au cas où quelqu'un se tiendrait dans les environs. Une fois au pied de la falaise, ce sera Edmond qui nous guidera, puisqu'il a repéré l'endroit où entrent et sortent les hommes.»

Edmond se sentit gonflé d'importance : il allait prendre part à une exploration! Un détail lui revint en mémoire.

«J'espère que les filles ne s'effraieront pas du bruit du vent : il ressemble parfois à des gémissements.

— Qui aurait l'idée d'avoir peur du vent? lança Claude.

— Peut-être Dago, répondit François en souriant. Nous pouvons nous expliquer ces rumeurs, mais le chien, lui, ne les comprendra pas. Si on les entend, Claude, tiens-le. Cela le rendra nerveux.

— Dago n'a peur de rien! affirma Claude, péremptoire.

— Mais si, répliqua aussitôt Mick. Je sais même ce qui le ferait rentrer sous terre!

— Ce n'est pas vrai! s'écria Claude avec colère.

— Tu ne l'as donc jamais regardé, quand tu le grondes? demanda Mick d'un air malicieux. Il se met à trembler à en faire pitié!»

Tous éclatèrent de rire, sauf Claude, bien entendu.

«Il ne tremble pas! Dago n'a peur de rien ni de personne, répéta-t-elle. Pas même de moi!

— Il vaudra sûrement mieux, poursuivit François en recouvrant son sérieux, n'être d'abord que deux à nous enfoncer dans les cavernes. Dans ce cas, les autres se cacheront en guettant mon signal. Je ne crois pas que nous rencontrerons qui que ce soit, mais on ne sait jamais. Si vraiment un passage dans la falaise mène à la salle souterraine, nous avons de la chance! Nous connaîtrons alors le chemin pris pour apporter et faire sortir les trésors!

— Les apporter? fit Mick. Je pensais qu'on les avait laissés là depuis très longtemps et qu'on ne les retirait que pour les vendre en contrebande!

— Il y a sans doute autre chose, dit François. L'île aux Quatre-Vents sert peut-être de repaire à une bande organisée de voleurs. Ils y cachent probablement un butin de grande valeur en attendant de se sentir en sécurité pour les proposer aux acheteurs. Ce n'est qu'une supposition!

— Moi, j'ai l'impression que quelqu'un a découvert la salle souterraine pleine des trésors du vieil homme riche, insista Mick, et que cet individu les enlève petit à petit. N'importe comment, c'est passionnant d'avoir percé ce secret!

— Et tout ça, parce que le seau est tombé au fond du puits, ajouta Annie.

— N'oublions pas nos chandails, conseilla François. Nous risquons d'être glacés par le vent qui souffle sur la falaise.

— Que j'ai hâte de partir! s'exclama Claude. Ce sera une véritable aventure, tu entends, Dago?

— François, que vois-tu encore à nous recommander?» demanda Annie.

Lorsqu'il dressait un plan de campagne, François semblait posséder la méthode et l'esprit de décision d'un adulte. Annie se sentait très fière de son grand frère.

«C'est tout, répondit François. Comme c'est Edmond qui connaît le mieux le chemin jusqu'à la falaise, il nous conduira. Quand nous y arriverons, je passerai devant. Il ne faudrait pas que l'un de vous trébuche et tombe la tête la première en alertant les bandits!

— Tu entends, Dago?» fit Claude.

Le chien posa une patte sur le genou de sa maîtresse en jappant de façon significative :

«Dommage que tu n'aies pas comme moi le

pied sûr, avec un petit coussin en guise de semelle!»

A partir du moment où le moindre détail fut réglé, les minutes parurent s'écouler avec une lenteur désespérante. Le soleil couchant embrasait une partie du ciel : il prenait bien son temps, ce soir-là, pour disparaître à l'horizon!

Lorsque François proposa à ses compagnons des gâteaux secs, seul Dagobert accepta le sien de bon cœur. Garçons et filles n'auraient rien pu avaler; ils attendaient avec trop d'intensité le moment du départ. Claude, en particulier, s'agitait, remuait, ne tenait pas en place.

Enfin, ils se mirent en route, Edmond en tête. En fait, celui-ci s'aperçut qu'il ne connaissait pas le chemin; seule, la voix puissante du vent, qui justifiait le nom de l'île, le guidait comme la première fois.

«On croirait vraiment entendre des gens qui parlent au loin», observa-t-il.

Ses amis l'approuvèrent.

A l'approche du but, le bruit se transforma peu à peu en hurlements sinistres.

«Quel vent! s'écria Mick. Heureusement que mes cheveux tiennent bien sur ma tête! J'ai l'impression qu'ils vont s'envoler.»

Dagobert dressait les oreilles avec nervosité. Il n'aimait pas les gémissements du vent, si lugubres qu'ils en donnaient le frisson. Claude le saisit par son collier et le caressa pour le rassurer. Calmé, le chien la gratifia d'un coup de langue reconnaissant.

Arrivés au bord de l'abîme, les enfants se penchèrent avec précaution, craignant d'être surpris si un garde se tenait au-dessous, sur les rochers ou sur la plage. Ils ne remarquèrent que des mouettes ébouriffant leurs plumes ; c'était le seul signe de vie.

« Il n'y a pas de barque, pas de navire, rien ! constata Mick. La voie est libre ! »

François essayait de repérer un chemin praticable. Il ne semblait pas en exister de très commode...

« Il faudra aller jusque là-bas, annonça-t-il, puis grimper un peu ; ensuite, nous marcherons sur cette corniche, vous la voyez ? Quand nous aurons descendu le gros rocher en pente, nous nous retrouverons sur des roches à peu près plates. D'accord ?

— Puisque Dago a le pied sûr, dit Claude, je le laisse passer devant. A toi, Dago, conduis-nous ! »

Dagobert bondit aussitôt dans la direction indiquée. Une fois franchie la corniche de pierre, il s'arrêta et attendit garçons et filles en poussant un jappement d'encouragement.

Les enfants suivirent, les uns plus prudents que les autres. Claude et Edmond se montrèrent fort hardis ; le petit garçon s'élança même de façon si téméraire qu'il trébucha et dévala la pente sur le derrière. Il regarda ses compagnons d'un air ahuri et effrayé.

« Fais donc attention ! commanda François. La lune nous éclaire, c'est vrai, mais ce n'est pas une raison pour sauter par-dessus les obstacles au lieu de les contourner ! Je n'ai pas envie de ramasser tes morceaux en bas de la falaise. »

Bientôt, les enfants arrivèrent sur les rochers faciles à parcourir qui longeaient la plage. La marée était basse, aussi ne se firent-ils pas asperger par les vagues. Soudain, Annie glissa dans une flaque d'eau. Ses souliers furent trempés. Comme ils étaient en matière plastique, cela n'avait aucune importance ! Elle en fut quitte pour la peur.

« Dis-moi, Edmond, à quel endroit se trouvaient exactement les individus ce matin ? » demanda François en s'immobilisant.

Edmond sauta pour le rejoindre et tendit le bras :

« Regarde la falaise, à une vingtaine de mètres. Vois-tu ce drôle de rocher en forme d'ours ? C'est de là qu'ils sortaient les caisses. Ils ont disparu derrière lui.

— Bon, dit François. Et maintenant, malgré le vent qui couvrirait sans doute n'importe quel bruit, il vaut mieux se taire. En avant ! »

La petite troupe se dirigea vers la forme de pierre qui rappelait un ours de manière étonnante. Pleine d'animation, Annie saisit la main d'Edmond :

«Cela devient de plus en plus passionnant», murmura-t-elle.

Le garçon approuva d'un signe de tête enthousiaste. Il savait que, seul, il se sentirait terrorisé ; mais, en compagnie de ses amis, quelle aventure palpitante !

Ayant contourné le rocher désigné par Edmond, les enfants remarquèrent un endroit sombre dans la falaise.

«Les hommes venaient de là, dit Edmond à voix basse. Est-ce que nous y pénétrons ?

— Oui, répondit François sur le même ton. J'y entre d'abord tout seul. Je m'arrêterai quand je n'entendrai plus le bruit du vent et de la mer. S'il n'y a aucun son suspect, je sifflerai ; à ce moment, vous pourrez approcher.

— C'est entendu !» chuchotèrent les enfants avec vivacité.

François se glissa dans l'ouverture sombre et s'immobilisa. Un coup d'œil jeté devant lui ne lui donna pas la moindre indication sur la disposition de la grotte. L'obscurité la plus totale régnait. Il alluma sa torche en se réjouissant de l'avoir emportée. Le faisceau lumineux éclaira un fossé qui montait en pente douce et, de part et d'autre, une corniche de pierre surplombant le mince cours d'eau qui ruisselait à ses pieds et se jetait dans la mer.

«Attendez-moi, recommanda-t-il de nouveau. Je reviens dans un instant.»

Et il disparut dans le tunnel.

Mick, Claude, Edmond et Annie ne se résignaient qu'avec peine à la patience. Soudain, une mouette fondit au-dessus de leurs têtes et les évita de peu en poussant un cri perçant qui les fit tressaillir. Edmond faillit tomber de son rocher, se raccrocha de justesse à Claude. En grondant, Dago suivit d'un regard furieux

 l'oiseau qui s'éloignait à tire-d'aile.

Un petit sifflement retentit. François se trouva bientôt auprès de ses compagnons.

«Tout va bien, déclara-t-il. Je me suis avancé assez loin : on n'entend absolument rien. Le chemin est facile. Un ruisseau coule entre deux rebords rocheux sur lesquels on peut marcher. C'est très commode! Maintenant, ne parlez plus et chuchotez même le moins possible : on dirait que dans ce tunnel le moindre bruit est terriblement amplifié.»

Lorsque Claude entraîna Dago, il protesta d'un faible grognement de surprise que l'écho s'empressa de répercuter autour des enfants. Tous sursautèrent. Quant à Dago, l'endroit n'eut pas l'heur de lui plaire...

«Il faut que tu restes à côté de moi, lui dit Claude à voix basse. Et surtout, tais-toi! On est en pleine aventure, Dago... Et quelle aventure! Allez, viens!»

A la file indienne, les jeunes explorateurs suivirent le sombre passage souterrain. Que découvriront-ils au bout de ce tunnel mystérieux?... Rien d'étonnant à ce que les cœurs battent à un rythme accéléré!

# Chapitre 16

# Une étrange randonnée sous terre

Il faisait très sombre dans le tunnel souterrain. Ils se félicitaient d'avoir emporté des torches. Les rayons lumineux dansaient sur les parois de pierre et éclairaient un étroit passage. Comme François l'avait indiqué à ses compagnons, un ruisseau serpentait au milieu du passage. Il lui avait donc fallu des siècles pour parvenir à se creuser cette voie dans le rocher.

«L'eau vient probablement de la surface des falaises, remarqua François à voix basse en marchant avec précaution sur la corniche acciden-

tée. Faites attention : on pourrait glisser facilement sur ces rebords !

— Oh !» fit soudain Edmond qui confirma la prédiction de François en plongeant, bien malgré lui, un pied dans le courant glacé.

L'écho s'empara aussitôt de son «Oooh ooooh ooooooh».

La brève exclamation du pauvre garçon se transformait en tourbillons de «oooh» qui roulaient et tournaient autour des enfants. Aucun ne parut apprécier ce phénomène insolite. Annie se serra contre son frère aîné qui lui donna une bourrade réconfortante.

«Excusez-moi d'avoir crié, dit Edmond d'un ton contraint, cela m'a échappé.

— ... chappé...pé...pé...» répondit l'écho.

Claude ne put s'empêcher d'émettre un petit rire qui se répercuta cinq ou six fois.

«Maintenant, il faut vraiment nous taire, recommanda François dans un chuchotement. J'ai l'impression que nous arrivons à une grande ouverture : je sens dans la figure un fort courant d'air.»

Les autres aussi s'en rendaient compte ; ils fermaient presque les yeux pour le supporter. Ils continuèrent à grimper la pente raide en essayant d'éviter les éclaboussures du cours d'eau qui faisait entendre un joyeux clapotis et brillait à la lueur des lampes.

François se demandait comment on pouvait transporter des caisses dans le souterrain abrupt et étroit :

«Il est peut-être assez large, pensa-t-il, mais tout juste ! Surtout dans les tournants... En débouchant de l'un d'eux, j'espère que nous n'allons pas nous trouver nez à nez avec un déménageur!... Ma parole, ce n'est plus un courant d'air, mais du vent! Nous devrions bientôt parvenir à une issue.»

La voix étouffée d'Annie le tira de ses suppositions.

«François, nous avons déjà parcouru un bon bout de chemin. Est-ce que nous ne nous dirigeons pas vers la maison de pierre?

— Oui, je le crois, répondit-il en s'arrêtant pour réfléchir. Dis donc, si ce passage nous conduisait aux caves! Un vieux château a toujours de vastes caves avec, sans doute, plusieurs cachots pour garder les prisonniers. Attends! Nous avons laissé les falaises derrière nous et... Oui, à mon avis, nous approchons du château!

— Alors, il est possible que le mur du puits descende à côté de ses fondations!» s'écria Mick d'un ton trop sonore.

L'écho fit sursauter garçons et filles. François apostropha son frère :

«Tu ne pourrais pas parler plus bas? En tout cas, tu dois avoir raison. Cela ne m'était pas venu à l'esprit! Le château ne se trouve pas loin du puits, et d'immenses caves s'étendent certainement sous terre.

— Le mur du puits est très épais, poursuivit Mick. Je parie que je voyais l'une des caves par la drôle de petite porte!»

L'aventure prenait un tour de plus en plus intéressant. Les jeunes explorateurs se remirent en marche dans le passage interminable qui, cependant, grimpait beaucoup moins et s'élargissait, rendant le cheminement plus facile.

«Je pense que cette partie du tunnel a été construite, remarqua François dans un chuchotement en se retournant vers ses compagnons.

Derrière nous, sous les rochers, nous avons suivi un souterrain naturel, difficile à monter ; ici, ce n'est plus pareil. Regardez ces vieilles briques : elles servent à renforcer les parois.

— On a donc trouvé le passage secret qui va du château à la mer ! s'écria Mick qui en oublia presque de parler à voix basse. Comme c'est passionnant ! »

La découverte enthousiasma toute la petite troupe, sauf Dagobert qui ne comprenait pas pourquoi les enfants s'enfonçaient dans ce lieu obscur.

Le courant d'air froid était de plus en plus violent.

« Nous approchons de l'ouverture, dit François. Taisons-nous ! »

Pendant que chacun avançait en silence, Annie sentit son cœur battre à coups précipités. Où arriverait-on ? Soudain, François poussa une exclamation sourde :

« Une grille de fer ! »

Ses compagnons se pressèrent aussitôt derrière lui. Ils aperçurent une porte solide formée de barreaux entrecroisés. Dans le vent glacé qui s'en échappait, ils frissonnèrent malgré les chandails.

D'une main tremblante d'émotion, François dirigea devant lui le faisceau de sa torche. Le rayon lumineux se promena sur les murs d'une petite grotte et, au fond, apparut une porte cloutée, grande ouverte, qui permettait au courant d'air de s'engouffrer dans le souterrain.

« C'est une cave, ou plutôt un cachot, précisa François. Je me demande si la grille est verrouillée. »

Quand il la secoua, elle s'ouvrit avec une

facilité déconcertante, comme si on venait de la graisser. Le garçon fit un pas en avant sous le souffle froid.

«Dire qu'il fait bon dehors! soupira-t-il.

— Tiens! Il y a un crampon fixé au mur, remarqua Mick en examinant le crochet métallique scellé dans la pierre. On y attachait peut-être les prisonniers.

— Comment les gens pouvaient-ils être aussi cruels?» interrogea Annie d'une voix horrifiée, tandis que sa vive imagination lui représentait les malheureux enchaînés là, ne se nourrissant que de pain et d'eau, sans chaleur, sans autre lit que le sol dur. «J'espère que quelques-uns ont réussi à s'enfuir vers la mer! reprit-elle.

— Cela m'étonnerait! répliqua Mick.

— Mais c'est terrible! chuchota Annie. J'ai l'impression d'entendre des plaintes. Quel endroit sinistre : partons!

— Moi non plus, je ne l'aime pas», fit Claude.

Après avoir traversé le cachot, François franchit la porte et se trouva dans un couloir pavé. D'autres cellules s'ouvraient sur le passage étroit.

«Ce sont bien les oubliettes du château, affirma-t-il en revenant vers ses compagnons. Je suppose que les caves ne sont pas loin. On devait y emmagasiner des provisions et du vin. Venez, continuons d'explorer les lieux. Comme on n'entend pas un bruit, il n'y a sans doute personne.»

En suivant François, tous jetèrent un coup d'œil aux cachots humides, froids et nus où avaient peut-être souffert, bien des années auparavant, de pauvres prisonniers.

Arrivés au bout du couloir, les enfants virent une seconde grille, ouverte elle aussi. Une fois la porte passée, ils pénétrèrent dans une immense cave qu'encombraient de vieilles boîtes, des coffres qui faisaient les délices des vers, des chaises cassées. Malgré la circulation active de l'air, une odeur de renfermé s'en dégageait.

Cinq marches conduisirent garçons et filles devant une grande porte munie d'un gros verrou.

«Il est heureusement de notre côté», remarqua François en le tirant.

Il s'attendait à le trouver dur et rouillé ; il fut d'autant plus surpris de son glissement souple.

«Il n'y a pas longtemps qu'il a été huilé, constata-t-il, et que quelqu'un est passé par là! Il est même possible que des gens ne soient pas loin d'ici. Ne faisons pas de bruit!»

Annie ne se sentit pas tellement rassurée.

«Attention, François. Si on nous a entendus, nous allons peut-être tomber dans un guet-apens! Et...

— Ne t'inquiète pas, répondit son frère, Dago nous avertirait au moindre son suspect.»

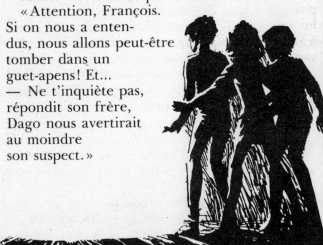

Ces paroles à peine prononcées, Dagobert poussa un grognement, un grognement furieux et étonné qui fit tressaillir les enfants. Ils s'immobilisèrent en retenant leur respiration.

Mick se retourna pour observer Dago qui aboyait de nouveau et qui, tête baissée, examinait quelque chose sur le sol. Le garçon déplaça sa torche et se mit à rire.

«Tout va bien, annonça-t-il. N'ayez pas peur : regardez!»

Un gros crapaud fixait sur les intrus son regard tranquille. Puis il s'éloigna vers une tache humide, dans un renfoncement du mur.

«Je n'en ai jamais vu d'aussi gros! murmura Annie. Il doit avoir au moins cent ans!»

Paraissant défier le pauvre Dagobert, la bête se blottit dans son coin.

«Viens, Dago! chuchota Mick. Les crapauds ne sont pas méchants.»

Pendant ce temps, François franchissait la porte, en haut des marches. Un cri de surprise lui échappa. Effrayés, les autres se précipitèrent à sa suite en se demandant ce qui le bouleversait ainsi.

«Voilà où nous sommes arrivés! dit-il en éclairant le lieu obscur. Avez-vous déjà admiré des merveilles comme celles-ci?»

# Chapitre 17

# La salle aux trésors

Les rayons de la torche de François se déplaçaient avec lenteur dans la salle immense qui ne paraissait pas avoir de limites. Curieux, Dagobert se précipita dans les jambes des enfants pour prendre sa part de la découverte.

Quel spectacle! En réalité, ils contemplaient la pièce souterraine qu'ils avaient déjà aperçue de l'ouverture située dans le puits. Annie s'extasia sur la hauteur des plafonds, sur les dimen-

sions extraordinaires de la salle. Un profond silence régnait.

« Ce sont les statues en or ! fit Mick en se dirigeant vers un groupe de sculptures. Je les trouve merveilleuses. Regardez comme leurs yeux en amande luisent dans la lumière de ma lampe ! On dirait qu'elles sont vivantes et qu'elles nous observent. »

En poussant un cri, Annie se précipita devant elle.

« Le lit en or ! Je voulais me coucher dessus : maintenant, je le peux ! »

Et, sans hésiter, elle grimpa sur le vaste lit à colonnes surmonté d'un grand baldaquin qui tombait en lambeaux. Dans un craquement retentissant, la couche céda, le baldaquin s'effondra et la fillette disparut dans un nuage de poussière. Le lit fabuleux s'était littéralement écroulé... Pauvre Annie !

Pendant que les autres l'aidaient à se relever, Dagobert, intrigué, se demanda pourquoi elle faisait voler tant de poussière. Il éternua, éternua encore, bientôt imité par Annie qui se brossa d'un air digne.

« La tête et les pieds sont en or sculpté, remarqua Mick. C'est un véritable monstre, ce lit : six personnes au moins pourraient y dormir à l'aise ! Dommage qu'on l'ait oublié ici depuis si longtemps. Dès qu'Annie est montée, les ressorts ont craqué. »

L'immense cave contenait des trésors inestimables. Les jeunes explorateurs ne découvrirent ni l'épée à la poignée ciselée, ni le collier de rubis qui, ainsi que le supposa François, étaient probablement rangés dans une caisse.

En revanche, d'autres merveilles s'offrirent à leurs yeux.

«Venez voir ce qu'il y a dans ce beau coffre! s'écria Edmond. Des coupes, des assiettes et des plats en or, encore propres et brillants!

— Et regardez ce que j'ai trouvé ici! s'exclama Claude. C'est enveloppé dans un tissu qui se déchire dès que je le touche.»

Dans une boîte d'émail, chacun admira une série d'animaux, de forme parfaite, taillés dans une belle pierre verte. Lorsque Claude les posa sur leurs pattes, ils se tinrent debout, l'allure aussi fière qu'aux temps reculés où de petits princes s'en servaient pour leurs jeux.

«C'est du jade vert, dit François. Qu'ils sont beaux! Ils valent sûrement une fortune... On devrait les exposer dans un musée au lieu de les laisser moisir dans cette cave!

— Cette fortune, les bandits que j'ai aperçus au bord de la mer comptent bien l'accaparer! dit Edmond.

— A votre avis, les deux hommes qui descendaient le perron, dans la cour du château, font-ils partie de la bande? demanda Claude.

— Certainement, répondit François. On leur a probablement ordonné de garder l'île pour que personne d'autre ne connaisse la salle aux trésors. Ces individus se moquent des bêtes de l'île! La vieille dame, elle, employait de vrais gardes, comme le pêcheur, le père Lucas, qui nous a raconté des histoires sur l'île aux Quatre-Vents.

— Alors, tu penses qu'ils sont au service de quelqu'un qui veut voler les objets d'art, dit pensivement Mick.

— Oui, répliqua François. De plus, il est fort possible que le petit-neveu de la vieille dame, le véritable propriétaire, ne soit pas au courant du déménagement qui se prépare. Il vit peut-être en Amérique ou en Australie!

— C'est drôle, murmura Annie. Si je possédais une terre comme celle-là, j'y habiterais, je n'en partirais jamais. Je protégerais les animaux de la même façon qu'avant et...

— Quel dommage qu'elle ne soit pas à toi! s'écria François en lui ébouriffant les cheveux. Qu'est-ce qu'on va faire, maintenant?... Retournons d'abord au canot. Nous en parlerons quand nous serons arrivés à la maison. Ma parole, il est tard!

— Allons-y!» décida Mick en se mettant en marche.

Soudain, Dagobert poussa un grognement terrible. Effrayé, le garçon s'immobilisa. La porte, que les enfants avaient pris soin de fermer, s'ouvrait. Quelqu'un s'apprêtait à entrer dans la vaste salle souterraine... Qui était-ce?

«Vite, cachons-nous!» chuchota François en poussant les filles derrière un coffre volumineux.

Les garçons s'accroupirent à l'abri du lit près duquel ils se trouvaient. Ayant réussi à faire taire le chien, Mick tenait son collier d'une main ferme. Pourvu que Dagobert ne recommence pas à aboyer!

Un homme pénétra dans la cave. Retenant leur souffle, les enfants reconnurent l'un des deux individus de stature imposante. A son allure nonchalante et tranquille, tous devinèrent avec soulagement qu'il n'avait pas perçu

le grondement de Dago. En sifflotant, il promena autour de lui un faisceau lumineux, puis il appela d'une voix de stentor :

« Emilio, Emilio ! »

Aucune réponse ne parvint. Il cria de nouveau. Cette fois, un bruit de pas pressés se fit entendre. Bientôt, le second individu fit irruption. Après avoir allumé une lampe à pétrole placée sur un coffre, il éteignit sa torche.

« Tu dors sans arrêt, Emilio, marmonna le premier. Tu es toujours en retard ! Tu sais pourtant que le bateau viendra cette nuit pour charger un nouveau lot de marchandises... As-tu la liste ? Il faut les emballer rapidement et les transporter sur la plage. Cette petite statue fait partie de l'expédition. »

Il se dirigea vers la représentation d'un garçon dont les yeux d'émeraude étincelaient.

« Alors, mon gars, tu vas faire ta rentrée dans le monde !... Ne me regarde pas comme cela ou je te tire les oreilles ! »

L'enfant en or, apparemment, ne changea pas d'expression car le brigand lui assena une claque sonore, tandis qu'Emilio déplaçait vers la sculpture une caisse longue et profonde. Il se mit à envelopper avec soin l'œuvre d'art de la tête aux pieds, dans des bandes de toile.

«A quelle heure arrive Rémi? demanda-t-il. Est-ce que j'ai encore le temps d'en préparer une autre?

— Oui, répondit son compagnon en tendant la main. Celle-ci.»

En se dirigeant vers l'endroit indiqué, Emilio passa devant le coffre qui dissimulait Claude et Annie. Craignant d'être découvertes, elles se recroquevillèrent sur le sol. Hélas! L'homme avait l'œil perçant; il lui sembla voir bouger quelque chose. Il s'arrêta. Qu'est-ce donc qui venait de remuer?... Un pied!!!

En moins de temps qu'il n'en faut pour le dire, Emilio fit le tour du coffre en allumant sa torche.

«Carlo! s'exclama-t-il d'une voix stupéfaite. Il y a quelqu'un. Viens vite!»

Laissant tomber ce qu'il examinait, Carlo s'élança vers son comparse qui forçait, sans douceur, les filles à se relever.

«Comment se fait-il que vous soyez là?»

Aussitôt, François se précipita, suivi de Mick et d'Edmond. Claude avait toutes les peines du monde à retenir Dagobert, déjà sur le lieu du drame. Il assourdissait chacun de ses aboiements furieux et tentait de lui échapper. Elle redoutait de voir son chien se jeter sur Emilio qui n'hésiterait sûrement pas à tirer. Ebahis, les deux hommes observaient les enfants.

«Tenez bon ce chien, sinon je l'abats! s'écria

Emilio, menaçant, en brandissant son fusil. Qui êtes-vous ? Comment êtes-vous arrivés dans cette cave ?

— Nous sommes venus dans une barque, répondit François, mais la mer l'a emportée. Nous campons dans l'île et... euh... nous avons abouti ici par erreur.

— Par erreur ! Je t'assure que c'est la plus grosse erreur de ta vie ! Vous resterez tous dans cette cave pendant un bon bout de temps ; il faut que nous terminions notre travail !

— Quel travail ? demanda François de but en blanc.

— Ah ! Tu voudrais le savoir, hein ? fit Carlo. Nous gardons l'île et nous en éloignons les curieux. De plus, cette nuit et demain, nous devons nous occuper de certaines choses... Vous n'allez pas beaucoup vous amuser en attendant notre retour ! Il faudra que je parle de vous au patron. Je ne sais pas ce qu'il décidera à votre sujet. Il vous emmènera chez les gendarmes, à moins qu'il ne vous enferme dans cette vieille salle pendant un mois ou deux, au pain sec et à l'eau. »

Dago montrait les dents d'un air féroce et se débattait pour se dégager des mains de sa maîtresse. Il n'avait qu'un but : bondir sur l'odieux individu. Bien qu'elle se cramponnât au collier, Claude sentait une forte envie de le laisser sauter sur l'ennemi.

« Si on ne part pas à l'instant, Carlo, on manquera le bateau, déclara Emilio d'un ton renfrogné. On s'occupera des gosses en revenant. »

Après avoir calé sur son épaule la boîte qui contenait la statue, il se dirigea vers la sortie. Derrière lui, Carlo se retournait sans cesse pour s'assurer que Claude ne lançait pas le chien sur lui. Il claqua la porte, ferma le verrou.

« Ne dites rien pendant deux minutes, recommanda François. Ils nous espionnent peut-être. »

Les enfants restèrent immobiles et silencieux. Annie éprouva des faiblesses dans les jambes. Quelle malchance de s'être ainsi fait surprendre !

« Repos ! dit enfin François. Vous n'êtes pas obligés de rester figés !

— Qu'allons-nous faire ? demanda Mick. Je ne tiens pas à rester enfermé en attendant le bon vouloir de ces voleurs. Et si nous ne les revoyions jamais ? Nous resterions ici pour de bon...

— Non, Mick, fit Annie qui, à la surprise de chacun, éclata de rire. On peut facilement se sauver !

— En passant par la porte verrouillée ? Impossible !

— Je te répète qu'on peut se sauver ! » reprit Annie. Le visage de Claude s'éclaira. Elle approuva de la tête.

« Bien sûr ! affirma-t-elle. Ne prends pas cet air solennel, Mick ; regarde plutôt là-haut ! » Mick obéit.

« Qu'est-ce que je dois regarder ? demanda-t-il. Le vieux mur de pierre ?

— Non, là! répliqua Annie. Au-dessus du coffre.»

Un grand sourire sur le visage, Mick s'écria :
«Je suis bête! C'est la petite porte en fer du puits! D'ici, on .dirait un simple trou d'aération... Il faut le savoir pour y faire attention! Je crois que personne d'autre ne la remarquerait. Je comprends où tu veux en venir, Annie!

— Naturellement! s'écria Claude. Il n'y a qu'à atteindre l'ouverture, à ouvrir la porte, puis à remonter dans le puits... Et vive la liberté!

— Il n'y a qu'à... C'est vite dit! observa François avec calme. Nous devrons d'abord attraper la corde, puis grimper jusqu'en haut : ce ne sera pas très facile!

— Pourvu que la corde ne soit pas entièrement enroulée sur le treuil, avec le seau suspendu au crochet! lança Annie. Alors, nous n'aurions plus qu'à abandonner!

— Nous verrons bien, dit François, philosophe. N'importe comment, c'est notre seule chance... Aidez-moi à pousser cet énorme coffre contre le mur. Ensuite, nous placerons une table dessus; en voilà une qui paraît solide. Au travail! Nous serons bientôt de l'autre côté de la porte et, si tout va bien, sur la margelle du puits. J'aimerais voir la tête de ces chers Emilio et Carlo quand ils découvriront que leurs prisonniers se sont envolés!»

# Chapitre 18

# L'évasion
# surprenante

Ce ne fut pas une petite affaire que de pousser un coffre aussi lourd contre le mur de la cave. Les enfants s'attelèrent à cette tâche de toutes leurs forces.

«J'ai l'impression que nous faisons un bruit terrible, remarqua Mick, essoufflé. Pourvu qu'on ne nous entende pas!»

Dagobert, voulant aider ses amis, ne cessait de sauter et d'appuyer ses pattes contre le coffre. Mick lui ordonna de se tenir tranquille :

«Tu nous gênes, mon vieux! Va plutôt t'asseoir à côté de la porte pour nous avertir au cas où les hommes reviendraient déjà.»

Obéissant, Dagobert courut se poster à l'endroit indiqué, la tête penchée, aux aguets, tandis que garçons et filles poursuivaient leurs efforts.

Bientôt, le premier jalon vers la délivrance fut posé. Il fallut ensuite hisser une petite table en bois massif. François grimpa sur l'énorme coffre pour la saisir des mains de son frère. Mais elle était si pesante que, seul, il ne parvint pas à la soulever ; Edmond le rejoignit alors et, à eux deux, ils purent installer la solide table rectangulaire au milieu du couvercle du coffre. En se redressant, François s'aperçut avec joie qu'il atteignait facilement la porte métallique qui donnait sur le puits.

Il la poussa. Si elle trembla un peu, elle ne s'ouvrit pas. Le garçon lui lança un coup de poing rageur.

« Qu'est-ce qui se passe ? demanda Mick en arrivant auprès de François. Il n'y a pourtant plus de loquet : il est tombé au fond du puits ! Je pense que les bords de la porte sont coincés contre la maçonnerie. Allons-y, essayons de la forcer ensemble ! »

Claude, Annie et Edmond observaient avec anxiété François et Mick, redoutant de voir les bandits faire irruption d'un moment à l'autre. Sous les secousses répétées, la porte céda enfin en grinçant. Au vif soulagement des enfants, la corde pendait à portée de la main.

« Ça y est ! lança Mick aux filles. Venez, montez sur la table. »

Les cousines escaladèrent le coffre en hâte. Comme la table, trop exiguë, ne pouvait supporter tout le monde, les prisonniers se mirent à discuter de la suite des opérations.

« François, dit Mick, tu partiras le premier. Quand tu seras en haut, tu observeras bien les environs pour t'assurer qu'il n'y a personne. Ensuite, Edmond, ce sera ton tour de grimper dans le puits. Tu crois que tu y arriveras ?

— Bien sûr, répliqua Edmond d'un ton rogue. Je pourrai même tourner la manivelle avec François pour hisser Annie et Claude!

— Parfait, fit Mick. Pour l'instant, je reste ici : j'aiderai les filles à attraper la corde. Lorsque je serai passé en dernier, je repousserai la porte. Es-tu prêt, François? Je t'éclaire avec ma torche.»

François acquiesça. Il se glissa dans l'ouverture, saisit la corde et la tira jusqu'à ce qu'elle fût complètement déroulée. Il se lança alors dans le vide et, après avoir oscillé deux ou trois fois, grimpa le long de la corde. Bientôt, il s'asseyait sur la margelle, hors d'haleine, mais ravi de respirer à pleins poumons l'air frais de la nuit. Grâce à la lune, il faisait clair; François promena autour de lui un regard circonspect.

«Tout va bien! cria-t-il en se penchant. Aucun danger à l'horizon!

— A toi, Edmond, dit Mick. Tu sais grimper à la corde, je pense! Je t'en prie, ne tombe pas dans l'eau!

— Ne t'inquiète pas pour moi, répliqua Edmond, vexé. Je me suis entraîné à l'école.»

Agile comme un singe, il déboucha dehors au bout de quelques instants, dédaignant la main que lui offrait François pour se rétablir sur le sol.

La voix de François, étrangement répercutée par l'écho, retentit de nouveau à l'entrée de la salle souterraine :

«Edmond est bien arrivé! Envoie Annie : nous la hisserons, il lui suffira seulement de s'agripper.

Après s'être faufilée dans l'ouverture, Annie s'assit sur le rebord.

«François, fais balancer la corde! dit-elle d'un ton sonore. Je ne peux pas l'attraper, elle est trop loin!

— Pour l'amour du ciel, s'écria François, inquiet, fais attention! Demande à Mick de t'aider.»

Mais l'orifice, entièrement bouché par Annie, ne permettait même pas à son frère de voir ce qui se passait.

«Ne te lance surtout pas avant d'avoir la corde bien en main! recommanda-t-il. Est-ce que tu la vois? Il fait très sombre et la pile de ma lampe commence à s'user.

— Oui, je la vois, répondit Annie. Elle vient de heurter mes jambes, mais je l'ai manquée. La voilà... Je la tiens! En avant!»

En prononçant ces mots, elle se suspendit à bout de bras. Malgré son air décidé, elle ne se sentait vraiment pas rassurée au-dessus de l'eau noire.

«François, j'y suis!» cria-t-elle en s'agrippant des quatre membres.

Les deux garçons la hissèrent. Lorsqu'elle disparut en haut, Mick poussa un soupir de soulagement. Passons à Claude. Où se trouvait-elle donc?

En deux bonds, Mick descendit de l'échafaudage improvisé. Il chercha sa cousine de tous côtés. A sa vive contrariété, il ne découvrit ni Claude ni Dagobert.

«Dago!» appela-t-il à voix basse.

Un jappement étouffé lui répondit. Mick fronça les sourcils.

«Claude, où es-tu? Allons, dépêche-toi de sortir de ta cachette! Ce n'est pas le moment de t'amuser : les brigands vont arriver d'une minute à l'autre. Ne fais pas de sottises!»

Sa tête brune et bouclée surgissant d'un bahut, Claude déclara d'un ton furieux :

«Tu sais bien que Dago ne peut pas se tenir à une corde! Il tomberait dans l'eau et se noierait. Comme vous êtes méchants d'oublier qu'il ne sait pas grimper! Je reste ici avec lui. Laisse-nous!

— Sûrement pas! répliqua Mick sans hésiter. Je reste aussi. Il est inutile, je pense, de te demander de me laisser ta place et de te sauver.

— Non. C'est mon chien, je ne le quitterai pas. Il ne m'abandonnerait pas, lui, j'en suis certaine!»

Mick connaissait sa cousine depuis trop longtemps pour espérer qu'elle changerait d'avis. Rien, non, rien ne l'obligerait à revenir sur sa décision.

«Très bien, Claude. D'ailleurs, si Dago était à moi, je ferais comme toi. N'importe comment, je reste avec vous!

— Non! s'écria encore Claude. Dago et moi, nous nous débrouillerons tout seuls.»

Il fallait avertir François. Mick s'élança vers le coffre surmonté de la table, les escalada en hâte et s'assit sur le rebord de l'ouverture.

«François! appela-t-il. Claude ne veut pas laisser Dago parce qu'il ne peut pas grimper à la corde. Alors, je reste avec elle.»

Il finissait ces mots quand il entendit bouger la porte de la salle immense. Il éteignit sa torche. Dago se mit à grogner d'un ton si féroce que le cœur de Mick battit à grands coups. Pourvu que le chien ne se jette pas sur les hommes qui pourraient être armés d'un fusil!

En percevant le bruit du verrou qu'on tirait, Claude, vive comme l'éclair, se dissimula, en entraînant Dagobert, derrière un amoncellement de caisses.

«Dago, commanda-t-elle, saute dessus! Fais-les tomber avant qu'ils aient le temps de te voir!

— Ouah!» fit Dago qui comprit aussitôt le sens de l'ordre.

Les oreilles pointées, dressé sur ses pattes tendues, il montra les crocs.

Portant une lanterne, un homme pénétra dans la cave, avança à grandes enjambées.

«Je vous apporte de la lumière», commença-t-il...

Il ne put continuer. Sous le choc imprévu d'une masse fougueuse, il lâcha la lanterne qui se brisa, le laissant dans une obscurité totale, et tomba à la renverse en poussant des cris épouvantés. Sa tête heurta le coin d'une caisse. Il se tut brusquement et demeura immobile.

«J'ai l'impression qu'il s'est assommé», se dit Mick en promenant le rayon de sa torche.

En effet, le bandit, inanimé, gardait les yeux clos. Claude jeta un regard par la porte ouverte.

«Mick, je vais passer par le chemin secret. Avec Dago, je me sens en sécurité.

— C'est entendu; mais marche vite et fais attention!»

Claude et le chien disparurent rapidement, sans le moindre bruit. Si elle avait peur, elle ne le montra pas.

«Elle est vraiment courageuse! pensa Mick pour la centième fois. Elle ne bronche pas devant le danger... Maintenant, je ferais bien de dire aux autres que Claude et Dago sont partis par le souterrain. Heureusement que l'homme ne bouge pas!»

Il n'eut qu'à se retourner pour apercevoir, en levant la tête, une lumière qui s'allumait et s'éteignait sans cesse comme pour lui adresser des signaux.

«François! appela-t-il.

— Ah! tu es là! s'écria François d'un ton soulagé. Est-ce qu'il se passe quelque chose?

— Oui, je te raconterai cela dans un instant. Donne du mouvement à la corde!»

Après avoir saisi le filin qui se balançait à sa portée, il s'apprêtait à s'élancer quand il entendit un bruit. Il lança un coup d'œil dans la salle obscure.

Un homme entra avec précipitation.

«Qu'est-il arrivé? Pourquoi n'as-tu pas...»

Lorsque le faisceau de sa lanterne accrocha son compagnon étendu sur les dalles, il s'interrompit brusquement en poussant une exclamation stupéfaite. Il s'agenouilla à côté de lui. Mick sourit en son for intérieur : il allait donner au voleur une émotion dont il se souviendrait... En se baissant, il appuya ses mains sur la table et, d'une poussée violente, la fit basculer du coffre sur le sol où elle s'abattit avec fracas. Mick s'agrippait déjà à la corde lorsqu'il perçut le cri effrayé du voleur. Pendant que François et Edmond le hissaient jusqu'en haut du puits, il continuait à s'amuser de l'excellent tour qu'il venait de jouer à l'ennemi.

«C'est un drôle de coup pour eux, pensa-t-il. Tous leurs prisonniers disparus comme par enchantement! Vite, François, vite! J'ai une bonne histoire à vous raconter!»

Bientôt, assis sur la margelle, il relata à voix basse les événements récents. François, Annie et Edmond, ravis, s'esclaffaient à chaque détail.

«Brave Claude! Brave Dago!

— Claude connaît le tunnel souterrain, remarqua François. Même s'il lui arrivait de se perdre, Dago la conduirait. On va descendre sur les rochers pour les retrouver.»

Ils s'élancèrent vers le bois. Pendant leur course, en songeant à la façon magistrale dont ils avaient mystifié leurs geôliers, un éclat de rire étouffé leur échappait de temps en temps.

# Chapitre 19

# Annie fait face

Pendant ce temps,
Claude dévalait
le souterrain
secret creusé
dans les falaises. Tantôt
devant elle, tantôt derrière, Dago courait, les
oreilles à l'affût, guettant un danger possible. Il
n'entendit rien, si ce n'est, bientôt, le son cris-
tallin et gai du petit cours d'eau qui serpentait
vers la mer.

«J'aime bien ce ruisseau, chuchota Claude. Il
est rassurant.»

Il leur arriva, deux ou trois fois, de glisser de
la corniche mouillée dans l'eau glacée et Claude
craignit qu'en tombant de nouveau, elle ne cas-
sât sa torche.

«Ce ne serait pas amusant de marcher dans
le noir!» marmonna-t-elle.

Dagobert approuva d'un jappement bref.

«Quelle est cette lumière? fit-elle soudain,
effrayée, en s'arrêtant. Regarde, Dago, comme
elle brille! C'est peut-être un des bandits qui
tient une lanterne!»

Pourtant, Dago fit un bond en poussant un aboiement joyeux. Il connaissait fort bien cette lanterne : il la voyait souvent suspendue dans le ciel ; Claude l'appelait la lune. Ne la reconnaissait-elle donc pas ? Naturellement, la petite fille la reconnut vite et, ravie, elle s'écria :

« J'avais oublié que c'était la pleine lune, cette nuit... Je me demande où sont les autres. Il faudra que tu les cherches, Dago ! »

Le chien, qui avait déjà dépisté l'odeur des enfants, fouetta vivement l'air de sa queue. Il savait qu'ils n'étaient pas loin ! Dans peu de temps, tous seraient réunis.

En débouchant du tunnel, Claude et Dago sautèrent, avec quel sentiment de liberté sur les rochers que venaient lécher, en un va-et-vient rythmé, les vagues scintillantes sous les rayons de la lune.

Claude posa la main sur le collier de son compagnon ; elle voyait quelque chose se déplacer au loin.

« Attention, Dago ! Je crois qu'on bouge là-bas. Reste près de moi ! »

Fait exceptionnel, Dago désobéit. Il se précipita d'un rocher à l'autre, bondissant par-dessus les pierres, retombant dans les flaques d'eau qui l'aspergeaient des pattes au museau sans qu'il s'en souciât.

« Dago ! s'exclama Claude qui ne savait pas qui se dirigeait de son côté. Dago, ici, tout de suite ! »

C'est alors qu'elle reconnut ses cousins et Edmond qui avançaient avec précaution sur les algues glissantes.

« Je suis là ! cria-t-elle en faisant des moulinets avec les bras. J'ai réussi à me sauver ! »

Enfin, tous se retrouvèrent, sains et saufs. Assis sur une plate-forme de pierre, ils se mirent à bavarder avec entrain, s'interrogeant les uns les autres sur les détails de leur évasion et s'amusant fort de la déconfiture des bandits.

Soudain, une lame les éclaboussa.

«La marée est en train de monter! remarqua François. Allons, retournons dans les bois.»

Tout en marchant, Annie ne put réprimer un énorme bâillement.

«Quelle heure est-il? demanda-t-elle. Il fait tellement clair que je ne saurais dire si c'est le jour ou la nuit. Mais je dors debout!»

François consulta sa montre.

«Oui, il est tard. Il y a longtemps que nous devrions être au lit! Que préférez-vous: camper sur l'île ou partir dans la barque d'Edmond pour traverser le bras de mer? Nous pourrions ensuite nous reposer tranquillement dans la petite maison.

— Ne restons pas ici! s'écria Annie. Je ne fermerais pas l'œil; j'aurais peur que les bandits ne nous rattrapent.

— Je n'ai vraiment pas envie, fit Claude, de ramer, puis de grimper la grande côte jusqu'à la chaumière. Je suis trop fatiguée.

— N'importe comment, observa François, c'est la marée montante et nous risquons de ne pas pouvoir nous éloigner de la côte.

— En effet, dit Annie. Alors, nous devrions monter la garde à tour de rôle.

— Ne t'inquiète pas, répliqua Claude. Dago nous réveillerait tout de suite en cas de danger.

— Bon», fit Annie en abandonnant la partie.

Les enfants, exténués, s'arrêtèrent bientôt au milieu de buissons épais, à l'abri du vent, non loin de la petite plage où le bateau d'Edmond les attendait. Les garçons ramassèrent des brassées de fougères qu'ils étendirent sur l'herbe sèche.

«C'est confortable! dit Claude en s'allongeant. Que je suis bien! J'ai sommeil...»

Trois secondes après, elle entrait dans le domaine des rêves. Pelotonnés sur la couche odorante, les trois garçons la suivirent de près. Seule, Annie demeurait éveillée. Elle se sentait soucieuse.

«Je donnerais cher pour être sûre que les voleurs ne fouillent pas le bois à notre recherche, pensait-elle. Ils sont certainement furieux de notre évasion et se doutent bien que, dès notre retour sur le continent, nous raconterons nos découvertes aux gendarmes... Ils feront leur possible pour nous empêcher de quitter l'île. Et ils savent que nous avons une barque.»

Inquiète, elle demeurait à l'affût du moindre son suspect. Dago, qui la voyait se tourner et se retourner sans cesse, se glissa vers elle en silence pour ne pas troubler le repos de Claude. En se couchant à côté d'Annie, il lui donna un coup de langue affectueux qui semblait lui dire :

«Allons, dors maintenant. Ne crains rien, je fais attention.»

Cependant, elle ne s'endormit pas. Et soudain, comme pour confirmer ses craintes, des murmures s'élevèrent. Dago se dressa en poussant un grognement sourd.

Annie tendit l'oreille. Mais oui, à faible distance, des hommes parlaient d'un ton étouffé. Il était évident qu'ils ne voulaient pas être entendus. Cherchaient-ils le canot? Une fois l'embarcation en possession des bandits, les enfants resteraient prisonniers dans l'île aux Quatre-Vents!

Dagobert s'éloigna des buissons, puis se retourna vers la fillette pour l'inviter à le suivre!

«Est-ce que tu viens avec moi?» paraissait-il demander.

Sans bruit, Annie rejoignit Dago qui se mit à bondir devant elle. Il fallait absolument qu'elle sache ce qui se tramait. Si ses suppositions se confirmaient, elle se précipiterait vers ses compagnons pour donner l'alarme. En fait, Dagobert l'entraînait en direction de la plage d'accostage et, de nouveau, des voix se firent entendre, beaucoup plus proches.

Pour trouver la barque d'Edmond, les hommes s'étaient contentés de longer la côte en bateau jusqu'au moment où ils aperçurent la coque couchée sur le sable. A présent, sous les yeux d'Annie furieuse, ils la poussaient à la mer. Quand elle flotterait à la dérive, le Club des Cinq ne pourrait plus s'échapper de l'île... Le sang d'Annie ne fit qu'un tour et elle cria d'une voix aiguë :

«Arrêtez! La barque est à nous!»

Quant à Dago, il sautait autour des hommes et aboyait à tue-tête en montrant des crocs féroces. Claude et les garçons, tirés de leur sommeil par le vacarme, se levèrent d'un bond.

«C'est Dago! s'exclama François. Venez vite, mais prenez garde!»

S'élançant de toute la rapidité de leurs jambes, ils débouchèrent bientôt dans la crique. Dago poussait des grondements sauvages et quelqu'un hurlait d'une voix qui ressemblait à celle d'Annie.

«Annie... pensa François, stupéfait. Non, impossible, je rêve... Ce n'est pas la tranquille petite Annie!»

Et pourtant, c'était bien elle. A l'instant où les enfants arrivaient sur la plage, elle commandait à Dago, en trépignant de rage, de courir sus à l'ennemi.

«Vous n'avez pas le droit de prendre notre barque! Je vais dire à Dago de vous mordre... Vas-y, Dago, mords-les! Vous n'avez pas le droit!... Mords-les, Dago!»

Dagobert ne se fit pas prier. Les deux voleurs qui, fort heureusement, ne paraissaient disposer d'aucune arme, regagnèrent leur bateau avec précipitation et, donnant force coups de rames, ils battirent en retraite. Annie ramassa un caillou et les visa si bien que le projectile heurta leur barque et les fit sursauter.

A son tour, Annie tressaillit lorsqu'elle aperçut François, Claude, Edmond et Mick qui la regardaient, bouche bée.

«Je suis contente que vous soyez là, fit-elle.

Je crois, avec l'aide de Dago, avoir fait peur à ces bandits.

— Tellement que tu les as fait fuir! s'exclama François en embrassant sa sœur. Tu m'as effrayé moi-même! Ma parole, la souris s'est changée en tigre! J'ai l'impression, tigresse, de voir la fumée sortir de tes naseaux...

— Ai-je vraiment l'air terrible? demanda Annie. Tant mieux. A partir de maintenant, faites attention!»

Et elle partit d'un grand éclat de rire. Les hommes hors de vue, Dago poussa une série d'aboiements triomphants. Qui pourrait lutter contre un chien et un tigre? Ouah!...

«François, il est temps de rentrer à la maison, reprit Annie. Il n'y a plus rien à manger et j'ai une faim... de loup! J'ai envie, aussi, de dormir dans un vrai lit. N'importe comment, que vous veniez ou non avec moi, je suis décidée à prendre le bateau d'Edmond!»

François s'amusait beaucoup des nouvelles façons de sa sœur.

«A mon avis, il serait dangereux de refuser quoi que ce soit à un fauve, remarqua-t-il en l'entourant de son bras. D'ailleurs, tu n'es pas seule à être affamée.»

Cinq minutes plus tard, les évadés voguaient sur la mer. La barque roulait au rythme du «flic-floc» des rames que maniaient François et Mick.

«En nous voyant nous éloigner, je parie que la bande ne va pas se sentir à l'aise, lança François. Ils savent sûrement que notre premier soin sera, dès cette nuit, d'aller avertir les gendarmes... Quelle aventure! A présent, j'aimerais bien rester un peu tranquille.»

Quelques minutes plus tard, ils sautaient à

terre et couraient à la gendarmerie. Le gendarme de service regarda avec étonnement cette bande d'enfants. Mais, aux premiers mots de François et de Mick, il comprit qu'il ne s'agissait pas d'une farce et se hâta de réveiller le brigadier. Celui-ci écouta avec intérêt le récit de l'équipée des enfants.

« C'est une affaire grave, dit-il en hochant la tête. Grâce à vous, cette bande de malfaiteurs va être arrêtée. Vous allez nous accompagner là-bas.

— Réveille-toi, Annie! dit François à sa sœur qui somnolait sur sa chaise.

— Qu'il me tarde d'être dans mon lit!» soupira Annie.

Avant que ce désir fût réalisé, les enfants, toute fatigue oubliée, montèrent dans la vedette des gendarmes qui découvrirent avec stupéfaction le vieux puits, l'immense salle aux trésors, le souterrain secret.

Encerclés, les voleurs durent se rendre sans grande résistance. Bientôt, on les poussa, hors d'haleine, dans le bateau rapide où ils eurent le loisir de s'étonner en se voyant vaincus par le Club des Cinq.

Au moment de quitter les enfants, le brigadier, souriant, les félicita de leur courage et de leur perspicacité.

Enfin, le lendemain, garçons et filles purent s'installer sur la falaise, au soleil, devant la chaumière, et profiter d'un repos bien gagné.

« Je ne bouge plus! déclara Annie. Edmond, ne voudrais-tu pas nous jouer un air sur ton pipeau?

— Tu l'as donc retrouvé? demanda Mick à Edmond.

— Oui, répondit celui-ci. Tout à l'heure, j'ai pris le seau dans la chaumière pour aller au puits et, en marchant, j'entendais un drôle de bruit. J'ai regardé : mon pipeau était au fond! Je pense qu'il a dû tomber hier, quand j'ai tiré de l'eau!

— Je suis bien contente! s'écria Claude. Veux-tu nous faire entendre un morceau?

— Mais oui, répliqua Edmond, ravi. Voyons si mes amis se souviennent de moi!»

S'asseyant un peu à l'écart des autres, il se mit à souffler dans son instrument insolite; de nouveau, les notes étranges s'élevèrent. Aussitôt, la pie voleta au-dessus de sa tête, le lièvre accourut.

Edmond ne bougeait pas. La musique ensorcelante se poursuivait. Dago s'élança vers le petit garçon, se frotta contre lui, puis retourna auprès de Claude.

Allongé, François contemplait le ciel, étonnamment bleu pour un mois d'avril, heureux à la pensée que l'aventure se fût bien terminée. Mick laissait errer son regard sur la mer, sur l'île aux Quatre-Vents, en songeant, lui aussi, aux périls courus. Quant à Annie, redevenue la douce, la paisible fillette que chacun connaissait, elle gardait les yeux fermés et s'assoupissait au son du pipeau.

Le bras passé autour du cou de son chien, Claude, en le caressant, lui murmurait qu'il méritait une médaille de brave et loyal compagnon du Club des Cinq.

Au revoir, Club des Cinq! Reposez-vous... Qui sait si une nouvelle aventure ne vous attend pas?

# Table

# TAPEZ
# 36.14 HJ

**H** HACHETTE
*Jeunesse*

## SUR MINITEL

Retrouvez tout le catalogue
Hachette Jeunesse
Résumés, recherche par auteur,
par titre, par thème,
par niveau scolaire.
Fiches pédagogiques.
*Les Nouveautés*
Dialogue avec l'éditeur

IMPRIMÉ EN FRANCE PAR BRODARD ET TAUPIN
Usine de La Flèche, 72200.
Loi n° 49-956 du 16 juillet 1949 sur les publications destinées à la jeunesse.
Dépôt : septembre 1988.